www.tredition.de

Roman

AF185206

Angelika Hensgen, in Krefeld geboren und dort aufgewachsen, lebt seit 1986 mit ihrer Familie in Köln. Hier studierte sie Literatur und Sprachwissenschaft. Die Autorin schätzt alle literarischen Gattungen als Möglichkeit für ihre Wortkunst und veröffentlichte Kriminalromane, Erfahrungsberichte, essayistische Kurzprosa und Lyrik.

Angelika Hensgen

Sem Namenlos

Verwirrung

www.tredition.de

© 2019 Angelika Hensgen
Umschlaggestaltung Ronja Hensgen
Verlag und Druck: tredition GmbH, Halenreie 40-44, 22359
Hamburg

ISBN
Paperback: 978-3-7482-9634-8
Hardcover: 978-3-7482-9635-5
e-Book: 978-3-7482-9636-2

Für meine Familie

„... Der Mensch ist ein Mikrokosmos, er ist ein Gewächs, organisch wie eine Frucht, er hat Farbe, Zerbrechlichkeit und Süße. Ihn zu manipulieren, zu konditionieren, bedeutet, ihn in ein mechanisches Objekt zu verwandeln - ein Uhrwerk Orange." (Anthony Burgess)

1

Der beste Zustand: Während Blut aus dir quillt einen heben. (Weniger günstig ist der Zustand, wenn man Elvira heißt und sich die Periode einbildet, weil man Opfer einer Geschlechtsumwandlung ist). !Den besten Zustand! Genau... wollen wir ihn heraufbeschwören: Zwei Wolkengebirge treffen aufeinander und bilden einen grauen Nebelvorhang, der sich nur träge lichtet, um dem Publikum einen Blick auf die Bühne zu gönnen.

Sasas Mutter tobt. !Vom Drehstuhl aus tritt sie gegen die Schreibtischkante! das Holzmöbel bricht ein Bein, legt sich schräg gegen die Wand und lässt schadenfroh Bücher, Hefte, Stifte zu Boden klappern. /!Ich bin nichts!/ Sasa und Marc stehen am Türrahmen gepresst, die Arme umeinandergeschlungen: Hänsel und Gretel, soundsovielte Begegnung mit der Hexe. Lasst mich allein! Die

Kinder entmaterialisieren. Stattdessen Fred. Die Daumen einge-
hakt in die Ränder der Hosentaschen lehnt er am Schrank. Sie be-
achtet ihn nicht. Mit beiden Händen fasst sie den Schreibtisch und
rüttelt ihn, dass die Sorge um weitere Beine nicht unbegründet ist.
!So billig soll er nicht davon kommen! Ihr sonst blasses Gesicht ist
signalrot und aufgepustet wie ein Ballon kurz vor dem Knall. Sie
lässt vom Tisch ab und eilt suchend von dieser in jene Ecke des
nicht weiträumig zu nennenden Zimmers, verharrt kurz vor dem
Bücherregal, wendet und eilt zum Schrank, an dem nach wie vor
Fred lehnt. Die Zeit der Gegenüberstellung dehnt sich. Auflösung:
In vorgeschriebenem Bewegungsablauf öffnet der Mann die Vitri-
nentür, nimmt eine Teekanne und überreicht sie der Frau. /Da!/ Sie
nimmt und... stellt sie zurück. Sie lachen.

Es gibt ein paar Regeln. Trotzdem... das Bedürfnis zerbricht
den Apparat. Seinen Kopf zwischen den Händen halten meinen
Mund auf seine unvorbereiteten Lippen pressen mit der Zunge
seine Zunge zurückdrücken und Deinemundhöhleistmein spielen. Projektion der kämpfenden Schmeckleckorgane hinter die
Stirne und ganz kurz: Körper ohne Gitter kongruent auf unzähl-
bar empfangenden Quadratzentimetern. Nun hat er sich befreit.
Geratschte Zunge, ich stehe im Leeren und seine Augenränder

rot: als müsste er weinen. Ich sauge an meinen Mundrändern. Er wendet sich ab. Geneigte Köpfe bei denen, die ich mag. Zusammen werden sie mich nicht mehr ansehen. Er wendet sich ab. Trost: Rücken schaue ich gerne an.

? WO IST euer vergrabener Schatz?

Zwei Männer zündeten sich an <=> Ich funktioniere noch. Sätze unterbringen, die irgendwer irgendwo gelesen hat und !wiedererkennt! Am besten noch ein paar Einzelheiten, die immer wiederkehren, immer anders wiederkehren. Im Heroinrausch über Kölner Ring. Querschnittgelähmter Bungee-Springer mit Rollstuhl: /weil er ein Teil von mir ist/. Meinen Mund auf seine unvorbereiteten Lippen pressen. /Das Licht im Herzen/ => wir liegen brüllend vor Lachen unter den Seminarbänken, Köpfe zurückgeworfen, schlagen uns auf die wissenden Schenkel. ?Frau sagt /SEX ich will SEX/ statt /Yes I will Yes/? Ob Haut über Haut oder Stoff über Stoff, ich nehme die Samtlippe zwischen Daumen und Zeigefinger, nehme die Samtlippe zwischen Lippe und Lippe bis meine Nasenspitze feucht wird, weil MEIN Herz klopft und ihre Feuchtigkeit an MEINEM Schenkel rinnt.

Der Tagungsraum ist spärlich besetzt. Zwei, drei junge Köpfe, eine trockene Schatulle. Ja, sie ist es. Sie wird es sein, die meine Blätter tadelt. Jede meiner flachen Hände liegt auf einem weißen Bogen, schiebt diesen über jenen, wenn sich die Kanten treffen stehen sie auf zu einem Giebeldach oder einer spitzen Welle. Ein erwachsener Mann betritt den Raum. Ist es Verlegenheit, wenn der Kopf gesenkt bleibt, bis er seinen Platz findet? Ist es Verlegenheit, wenn die Fingerspitzen Papierränder heben und fallen lassen? Es ist nicht Verlegenheit, er kennt seine Augen ja. Ich schaue an die Decke, ich suche ihn nicht. Stolz oder wie? Jetzt bin ich dran. /Hab ich mir gedacht!/ Das Ausrufezeichen steht als gefaltete Hände vor ihrer Nasenspitze, die Augen senden eine Dackelklage gen... Ich stehe empört auf. Die geklöppelte Spitze meines Tops klebt auf der Haut. Tadel hatte ich erwartet, aber ?SUBVERSIV? Da gibt es nichts mehr. Sie führt mich in einen Nebenraum. Vor dem Gericht verantworten. !HAHA! Als die alte Frau abzieht, gehe ich auf den Flur. Neben der Tür hängt ein Spiegel. Ich zücke meinen Lippenstift und male meinen Mund rot an, richtig rot, über die Ränder hinaus. Ich nehme die Roller aus dem Spind und begebe mich an die Sonne. Ein Klumpen jugendlicher Converseredsocks schenkt mir geteilte Aufmerksamkeit. „Die stürzt bestimmt." Ich rolle auf dem glatten Gehweg, nur die Straße ist mit Kopfsteinpflaster bedeckt. Im linken Augenwinkel setzt sich ein Kotflügel fest. Mist, ich wollte alleine hin, sieht besser aus, immer. Ein Schmetterling landet auf meiner Schulter. Ich fahre eine gekonnte Kehre. Doch kein Ordnungshüter: Fred mit den Kindern. Na, ja. Sasa bleibt stehen bei einem grauhaarigen Hundebesitzer - sie neigt sich dem Tier zu... der Mann staunt über die Freude des Hundes.

2

Klassenspiegel I

Maria wiegt das Kind im Arm dass Sasas Mutter denkt !Sie ist von ganzem Herzen Mutter, sie wird viele Kinder haben! Das war auf dem ersten Klassentreffen. Nach zwanzig Jahren ist das Baby zehn und ohne Geschwister. /Ich und viele Kinder !NIEMALS!/ Die Außenansicht der Großfamilie war Folie. Ein Bruder hat sich umgebracht.

+++ außer Konkurrenz (denn die Toten leben nur in unseren Herzen weiter) Inge +++ : /Bei Tiefgang zünde ich eine Kerze an und schaue in das Licht./ Maria mit dem Prügelpapi, Sasas Mutter, u.v.a. wünschten sich die zugenähten Münder eher aufgemacht zu haben, d e n n: Inge hat sich zwischen die streitenden Eltern geworfen, als der Vater das Fleischmesser in der Hand hielt.

Eva im Einkaufszentrum: /?HEIRATEN? Wie kannst du nur?/ Das war, als Sasas Mutter Sasas Vater ehelichen wollte. Später drängte sich auf: !dass Evas Mutter tot im Rhein trieb war eine Folge des Ehelebens!

Daggi ist dünn und macht Videos. Annahme: Sie ist glücklich, denn sie wollte immer dünn sein. Aus Liebeskummer hat sie Camemberts aus der Hand gegessen... ach ja, ein Schlüsselbund klapperte immer am Hosenbund, der ist ab.

Sem steht vor dem Spiegel. Die Lippen sind nur innerhalb der natürlichen Grenzen rot. ?GLÜCK GLAUBEN?

Sem war schon hinter der Wand, als das mit Inge passierte. Für Sem war Inge außergewöhnlich hübsch, obwohl sie niemanden kannte, den sie nicht besser fand als sich selbst. Inge gehörte zu den Besonderen. Blaugraue Augen, die sich hell vom Oliveton des Gesichts abhoben. Braune Locken, die eines Tages zu Sems trauriger Überraschung auf Fingerlänge gekürzt waren. „Warum hast du das gemacht?" „Man möchte eben mal anders aussehen." Dass Sem Inge etwas besser kannte, d.h. mehr Worte mit ihr wechselte als mit dem Rest der Klasse, lag daran, dass nur sie beide am evangelischen Religionsunterricht teilnahmen. Da waren dann noch vier, fünf aus den Parallelklassen. Religion war gemütlich. Die Lehrerin bezog die erörterten Themen immer stark auf die weltlichen Probleme der Schülerinnen und so konnte sich jede zu Wort melden. Den letzten Tag, den Sem Inge sah, überquerten sie nach dem Religionsunterricht den Schulhof, um zum Sportplatz zu gelangen. „Weißt du, was ich mache, wenn es mir mies geht?" sagte Inge. „Nee…" Sem schüttelte erwartungsvoll den Kopf. „Ich mache mir eine Kerze an, stelle sie vor mich auf den Tisch und schaue in die Flamme bis ich vergessen habe, was mich traurig macht." Inge schaute Sem an. „Findest du das blöd?" Sem war erstaunt. Nichts lag ihr ferner, als das blöd zu finden. Sie überlegte sogar, ob sie das mit der Kerze nicht auch mal probieren sollte und wollte Inge gerade fragen, was sie denn überhaupt in so schlechte Stimmungen versetzte, als sie von Hella und Eva eingeholt wurden, die sie in den Rücken stießen. „Los, ihr trüben Tassen, wir gehen zum Sport, nicht zum Kaffeekränzchen." Hella nahm Inge am Arm und zog laut sprechend mit ihr weiter. Sem war enttäuscht und wütend zugleich. Hella hatte doch genug Freundinnen, musste sie denn jeden an sich reißen? Inge war vorläufig außerhalb ihrer Reichweite, die meisten mochten sie. Wenn Sem nicht den Anfang machte, was jeder Wahrscheinlichkeit entbehrte, würde sie mit Inge vor der nächsten Religionsstunde kein Gespräch mehr führen.

Der nächste Tag war anders. Schule und Klassenzimmer strömten Bedrückung aus. Keine Farben mehr und die Mitschüler redeten wie hinter Aspik. Sem rieb sich die Schläfen. Endlich trat der Klassenlehrer ein. Dem Stundenplan entsprach das nicht.

Herr Krügel war verstört. Er wirkte immer zerknirscht, aber heute waren seine Gesichtszüge völlig verschoben. Er steckte die Finger der rechten Hand in den Hemdkragen und zerrte daran herum. „Es tut mir leid, euch mitteilen zu müssen, dass eure Mitschülerin Inge nicht mehr lebt." Keiner begriff das und alle blickten auf Sibylle, die als Inges beste Freundin galt. Sibylles Gesicht war nur noch dunkle Augenbraue, der Rest war weiß dahinter zurückgetreten. „Wieso?" brachte sie hervor. Der Lehrer hob hilflos die Schultern. „Man weiß nichts Genaues. Ich möchte auch nicht mehr dazu sagen. Jedenfalls hat die Schulleitung entschieden, dass ihr heute keinen Unterricht habt." Schnell verließ er das Klassenzimmer. Es blieb völlig ruhig. Die Schülerinnen schoben sich lautlos aus dem Raum und in kleinen Gruppen verließen sie das Schulgebäude. Sem stand über ihr Rad gebeugt, als Andrea sich näherte. Sie teilte seit zwei Jahren die Schulbank mit Sem, doch neben dem Unterricht hatten sie nichts miteinander zu tun. „Was sagst du dazu?" „Was soll ich dazu sagen?" Sem reagierte ärgerlicher, als sie es wollte. Mein Gott, was soll man auch sagen, man weiß nichts und niemand wusste etwas und in Sem sammelte sich Groll an gegen alle, die nichts wissen und die sich nicht interessieren, insbesondere gegen den Klassenlehrer, der sie mit schöner Literatur und Grammatiktesten konfrontierte, ohne eine

Ahnung zu haben, dass dieser Kram durch eine selten zu über-
windende Wand von einem getrennt war. Auch von Inge hatte er
nichts gewusst, davon, dass sie in Kerzenlicht Trost suchte. „Lass
mich in Ruh!" fuhr sie Andrea an, die sich vornahm, mit Sem nie
mehr ein Wort zu wechseln.

Die Wohnung schien noch leerer als sonst. Sem fröstelte mal
wieder, trotz des Sonnenlichts, das ungebrochen durchs blanke
Küchenfenster fiel. Sem ging in ihr Zimmer, setzte sich auf den
Schreibtischstuhl und drehte ihn so, dass sie das Gruselbild über
ihrem Bett betrachten konnte. Das Blut, das aus dem anthrazitfar-
benen Sarg quoll, erinnerte sie an Inges Raumbild. Bei ihr war es
allerdings ein Gang gewesen, aufgeteilt in bunte Quader von lich-
tem Grün und Blau, an dessen Ende sich ein Längsspalt befand,
durch den Sonnengelb in den Tunnel floss. Sie hatte Inges Einfall
bewundert, und das Verlangen die Aufgabe der Kunstlehrerin auf
ähnliche Weise zu lösen war mächtig. Aber schließlich hatte sie
sich für riesige bunte Walzen entschieden, die in dunklem Vakuum schwebten. Die Wirkung mit der quellenden Farbe nutzte
sie dann bei ihrem Zimmerbild mit dem Sarg. Die Eltern hatten
ihr erlaubt eine Wand zu bemalen, aber als das Werk vollendet
war, reagierten sie entsetzt und ärgerlich. „Das kann ich nicht verstehen, wie man sich so was übers Bett malen kann, ich könnte da
nicht schlafen." Mit diesen Worten hatte der Vater die Tür hinter

sich zugeschlagen. Sem hätte auch lieber etwas Lichtes, aber die Bienenkörbe und Winddrachen, die sie in das Babyzimmer ihrer kleinen Kusine gemalt hatte, passten nicht zu ihrem Gemütszustand. Sie konnte nicht begreifen, dass die Eltern das Ausbreiten ihrer Dunkelheit nicht wahrnahmen, selbst nach diesem Wandbild nicht. Sie dachte an Inge, die jetzt irgendwo war, wo sie irdische Dunkelheit nicht mehr berührte. Und dass alle aufhorchten bei ihrem Tod, aber niemand vorher wirkliche Gedanken an sie verschwendet hatte. Sem drehte sich zum Schreibtisch, wühlte in der Schublade und schlug ihr Tagebuch auf. Sie stützte das Kinn in ihre Hände und wusste nicht, was sie schreiben sollte. Hin und wieder hatte sie einen Eintrag gemacht, in der Hoffnung, dass die Eltern ihn lesen würden, aber gerade diese Erwartung hatte ihre Worte so künstlich und hölzern gemacht, so unecht und sie selbst nicht betreffend, dass sie davor schauderte. Tränen rannen ihre Handgelenke entlang, einige tropften ins Buch und Sem wusste, dass die Flecken, die sie hinterließen, mehr waren, als sie jemals sagen könnte.

9 (für den ungeduldigen Leser)

Zwei Cola-Whiskey müssten reichen, um die Wahrheit zu sagen. (Darunter gibt es sie nicht = Binsenweisheit) Die Wahrheit
ist: Wir kennen Sasas Mutter a b e r ?Wer ist Sasa? !Erinner(n) Sie
sich (dich)! Das Kind mit dem Mann mit dem Hund, das ... !AHA!
Das Kind wird bald zwölf und man kann sich mit ihm unterhalten, wenn es nicht gerade einen Schreianfall hat. Sie ist ein schönes
Kind !ganz davon abgesehen! lauten die guten Wünsche:

S i e soll n i c h t von einem Angestellten der Schwester des
Vaters auf einer Gartenparty vergewaltigt und ermordet werden
soll nicht auf einer Bahnhofstoilette gefunden werden nicht auf
die Vollstreckung der Todesstrafe warten müssen Karriere über
Würde stellen nicht magersüchtig sein soll nicht über Ehrlichkeit
lachen sie soll n i c h t s i e...

Den rechten Arm um Sasas Körper fühlt sie Brustwirbel... und
Rippen unter der Hand. Langsam lässt sie das Kind auf die mit
allen Kissen gepolsterte Verandabank gleiten und wickelt es in
die Pferdedecke. Sasa friert, das erkennt man an dem blauweißen
Muster der Haut, selbst das Gesicht ist schraffiert und der Mund
violett: eine Gliederpuppe, die man betten kann wie man will,

aber das Kinn hält sie steif gen Himmel. „Dass ich von so einem Ferkel abstamme!" Sasas Mutter sucht krampfhaft nach runden Worten, das Kind bewegt abwehrend den Kopf. „Wenn wir am Essenstisch saßen sprang er in die Luft und furzte wenn seine Hacken den Hintern berührten nachts wollte er in unserem Bett schlafen." ----- Sie legt sich neben das Kind und versucht: WÄRMETRANSFUSION.

3

Träumen ist leicht. Es ist leicht sich auszumalen, dass Sem und Wolf in dem Eigenheim glücklich geworden wären. !Wenn man das Haus von außen anschaut! : [Und einem die Sonne auf den Rücken scheint]. Häuser verraten sich nicht. Sie lachen mit weit zurückgelegten Fensterläden und öffnen einladend die Tür. Drückst du dich verlegen um den Rahmen !umfängt dich ein Eismantel und das Schloss rastet ein!. Sem: /Ich möchte Gelassenheit. Wange an Wange [nebeneinander liegen], wenigstens hundert Jahre, mindestens zehn; wenn das zu wenig wird: mal kucken./ Wolf: /Ja./ Sem: /Meine Angst ist eine Untiefe.../ Wolf: /Ja./

Wolf liebt: a) sein Auto. Er umkreist es nach jeder Fahrt. Sorgfältig untersucht er es auf blinde Stellen oder [man sollte es nicht aussprechen]: Kratzer. Zweimal kontrolliert er den Verschluss jeden Riegels (Türen, Heckklappe, Motorhaube). Danach bücken [?Was gibt es unter einem Auto zu sehen?]. In der Endrunde: Reifentreten.

b) die Stereoanlage. Sie wird regelmäßig entstaubt. Die Platten vor jedem Gebrauch mit einem Spezialtuch behandelt. Wolf ist heilfroh als die pflegeleichten Kassetten aufkommen.

c) Flaschen. Jeden Nachmittag stehen sie auf dem Couchtisch. Eine braune Glasflasche. Eine Steingutflasche. Beide mit dazu gehörigem Becher. Wenn Sem die Rede darauf bringt, hört Wolf nicht hin.

d) Sem?

'Kennst du das schwarze, rechteckige Loch. Warte, ich helfe dir: wenn du ein Holzlineal (nicht so ein Flaches, sondern die langen Holzrechtecke in blau oder grün) in weichen Lehmboden drückst, entsteht dort ein rechteckiges Loch, dessen Grund du nicht siehst. Denke dir nun den Lehmboden fort und vergrößere das Loch gegen, nein, nicht unendlich, sagen wir gegen das Empire State Building, dann hast du, was ich meine. Einfacher vielleicht: Ein Reagenzglas, rechteckig, von der Größe des Empire State Building, sich befindlich auf der Erdumlaufbahn. Das dunkle Vakuum innerhalb des Glases wird nun verdrängt. Von oben (oder unten, je nachdem) fallen hinein: viele, viele, unzählbare Bücher. Langsam, das liegt an der Schwerelosigkeit, schweben sie hinter dem Glas vorbei. Du kannst die Einbände genau betrachten: braunes, rasiertes Leder mit Goldrand, roter Kunststoff, hellblaues Leinen. Du verfolgst einzelne Bücher, weil du die Titel entziffern möchtest, aber nur wenige erkennst du: ...Der

Fremde ...Stellvertreter... Andersens... Odyssee... flog... du gibst es auf, wunderst dich. Aufgeschlagene Bücher folgen, loses Papier. Plötzlich hört es auf. Die letzten Blätter legen sich zurecht, der Boden des Glases ist nicht einmal bedeckt. Du presst die Nase ans Glas, schaust hinunter auf den Buchblattsalat. Ehe du zu einem Schluss gekommen bist regnet es Himbeersaft, es rinnt an dir vorbei, du bist ja draußen. Trotzdem trittst du einen Schritt zurück. Du wirst Zeuge, wie Papier und Pappe sich voll saugen, schwerfeucht liegen, nicht oben' schwimmen, als die Flüssigkeit ansteigt...'

„Also Sem, so geht das nicht!" Die Papierschnitzel, die ich über ihrem Kopf zerstreue, machen es ihr unmöglich mich zu ignorieren, aber sie bewegt sich nicht. Ich setze mich auf das Bett unter dem Sarggemälde. „Du hängst zu viel rum, vergeudest deine Zeit." Ich poliere meine Fingernägel an der Bettdecke und halte sie gegen das Licht, wobei mir die grauenhafte Deckenlampe auffällt: drei aufgeblasene Glasballons, die von einem nussbaumfarbenen Holzdreieck im Gleichgewicht gehalten werden. „Diese Lampe ist ein Urteil." Meine Gegenwart bereitet keine Freude. „Ich soll wohlmöglich das Leben meiner Eltern fortführen." Sie hält den Kopf gesenkt, als lese sie das Papier auf dem Schreibtisch. Ich erhebe mich, lege von hinten meine Arme um Sems Hals und streiche mit meiner Nasenspitze über ihre Wange. „ Aber du hast doch keine Wahl, Sem, oder?"

Sem versuchte im Dunkel des Partykellers etwas zu erkennen. Sie war ewig nicht aus gewesen. „Jungenüberschuss" hatte die Kollegin ihrer Mutter gesagt und „komm, gib deinem Herzen einen Stoß". Nun saß sie also hier und kam sich blöd vor. Sie nagte lustlos an einer Salzstange. Bärbel, Tochter der Kollegin der Mutter und Gastgeberin, zappelte hinter der Bar herum und ihr Freund bediente den Plattenspieler. Ein Trupp Jungens quoll herein. Gejohle und Schulterklopfen, wenigstens die Wartesaalphase war überstanden. Die drei Barhocker waren schnell besetzt, deshalb suchten die Übriggebliebenen an dem runden Holztisch Platz. „Na, wen haben wir denn hier?" „Sem." Die beiden Jungen lachten laut, die Namenskundgebung kam ihnen überraschend. „Das ist Robin und ich hin Hajo." Damit klopfte der lange Dünne sich auf die Brust. „Willst du nichts trinken? Warte ich hol uns was." Robin war schon unterwegs. „Bitte sehr. Drei Bier." Robin landete die Gläser schwungvoll auf die Tischplatte, die Kronen fielen über die Ränder. „Eigentlich mag ich kein Bier." Robins Gesicht schaukelte über der Kerze, als er sich auf die Bank pflanzte. „Ach, probier einfach, was du nicht trinkst, machen wir leer." Sem schlürfte den Schaum, als ein Schwall bitteren Saftes über ihre Zunge floss, schüttelte sie sich. „Ich möchte lieber eine Fanta." „Bitte sehr, bitte gleich." Robin erhob sich und ging rückwärts, sich fortwährend verbeugend bis er mit dem Hintern an den Tresen stieß. Sem fand ihn lustig. „Ist der immer so?"

Robin sah aus wie Uwe. „Wer ist dein richtiger Freund? Herbert oder ich?" „Du aber es ist ein Geheimnis. Wenn du es verrätst, ist Herbert mein bester Freund." Das gleiche hatte sie Herbert erzählt. An ihrer Baumhöhle kam es dann zur Stunde der Wahrheit. Herbert und Uwe stritten sich, bis Uwe herausplatzte: „Und Sem hat gesagt, ich bin ihr bester Freund." Sem hatte Uwe erschrocken angesehen. „Du hast es verraten, jetzt ist es Herbert." Uwe hatte sich ins Gras am Rand des Stoppelfeldes geworfen und in seine verschränkten Arme geheult. Herbert stand hoch oben in der einzigen Astgabel des kahlen Stammes und winkte triumphierend mit der weißen Fahne.

„Hey! Willst du deine Fanta nicht mehr?" RobinUwe brachte sein Gesicht ganz nahe an Sems. Sem lehnte sich zurück. „Doch, natürlich. Danke." Der kleine Raum war inzwischen warm und qualmig geworden. Zwei Neuankömmlinge quetschten sich neben Sem auf das alte Sofa. „Du musst aufpassen", flüsterte der eine in Sems Ohr, Sem musterte ihn erstaunt. Die Helle seiner Augen traf sie mit Wucht in die Magengegend. Schiefergrau, wasserblau, wolkenhimmelartig, egal, hell war gefährlich. „Die Jungen hier sind drauf aus, die Mädchen unter Alkohol zu setzen", flüsterte die Stimme weiter. Ungläubig blickte Sem auf Hajo und RobinUwe, dann auf die Fanta. Kann doch eigentlich gar nicht. „Los, wir machen Türmchentrinken", meinte der Nachbar mit der Flüsterstimme. „Na?" Hajo und Robin nickten. Diesmal stand Hajo auf und gab bei Bärbel eine Bestellung auf. Als er zurückkehrte, balancierte er vier Schnapsgläschen mit verschiedenfarbigem Inhalt, die übereinander, durch Bierdeckel getrennt, einen Turm bildeten. Diesen Gläserturm platzierte er in der Mitte des Tisches und zog ein Kartenspiel aus der Hosentasche. „Weißt du, wie das geht?" Ihr Nachbar sprach jetzt laut. „Derjenige, der einen Buben zieht, muss ein Glas auf Ex trinken." Nun flüsterte er wieder. „Wenn du trinken musst, gibst du das Glas einfach rüber." Sem verstand den Sinn des Spiels nicht. „Wie heißt du eigentlich?" „Wolf." Nach drei Türmchen war das Spiel ausgereizt. Die Musik wurde lauter. „Tanzt du?" RobinUwe zog die eingequetschte Sem vom Sofa. Er führte sie in den Nebenraum, wo zwischen Würstchen und Kartoffelsalat auch ein Viereck zum Tanzen vorgesehen war. Zwei andere Pärchen verrenkten sich im rosa Licht und Sems Beklemmung löste sich. Das konnte sie auch, das machte sie zu

Hause oft für sich alleine. "Sugar, oh honey, honey..." Verschwitzt kehrten sie zum Tisch zurück. „Tanzt du auch?" Wolf schüttelte ablehnend den Kopf. „Schade." Sem ließ sich aufs Sofa fallen. Bärbel und Udo hinter der Theke boten einen filmreifen Anblick. Sie standen engumschlungen und pressten die Münder aufeinander. Das war bestimmt ein Zungenkuss. Was daran so toll sein sollte... die zwei, die Sem in Erinnerung hatte, weckten eher unangenehme Empfindungen. „Woooooow!" Der junge Mann, der im Moment einen der Barhocker besetzte, juchzte übertrieben und pfiff danach ohrenbetäubend. Das Mädchen neben ihm klatschte in die Hände. „Kennst du die?" „Klaro. Das ist mein Bruder Richard mit Freundin Karin." Wolf erhob sich. „Ich hol' mir noch was. Kann ich dir was mitbringen?" „Nö, danke." Sem hatte keine rechte Lust mehr. Richard sah aus wie Ivanhoe, natürlich hatte er eine Freundin. Pech.

Der Stern aus bunten Salmiakpastillen öffnete sich zu einem Tunnel, in den sie hineinschwebte, tiefer und tiefer, die Geschwindigkeit nahm zu, die Wandfarben, die sie gerade noch getrennt wahrnehmen konnte, bildeten eine einzige buntschimmernde Glanzfolie. Nicht zu weit, dachte Sem, im selben Moment fühlte sie eine feste Unterlage. Sie öffnete die Augen. Sie befand sich in

einem unglaublich hellen Zimmer. Sie sah ihre Beine, die in weißen Hosen steckten, weiße Socken an ihren Füßen, auf einer be-
stickten, winterweißen Decke. Neben der Erhöhung, die sie für
ein Bett hielt, lagen weiße Turnschuh auf dem Boden. Direkt gegenüber stand ein Schrank aus Holz, so bleich wie ein Baum, dessen Rinde gerade abgeschält wurde. Rechts von ihr wehte eine el-
fenbeinfarbene Gardine ins Zimmer. Hierher gehöre ich nicht.
Sem legte sich flach hin und kniff die Augen zu. Als sie den Mut
hatte, sie wieder zu öffnen, war sie noch immer nicht zu Hause.
Das Fenster hing an der falschen Seite, außerdem Vorhänge statt
Rollladen. „Hallo!" Sem drehte den Kopf in Richtung Schallquelle
und erblickte Bärbel, die auf einem Kissenberg thronte. „Na, endlich! Frühstück ist fertig, habe gerade nachgesehen." Sem bemühte sich um einen freundlichen Gesichtsausdruck. Was gäbe
sie dafür in ihrem Zimmer zu sein. Sie setzte sich auf und rieb
fröstelnd ihre Arme. „Wo ist denn euer Bad?" „Tür raus, direkt
rechts. Lass dir Zeit, ich war schon drin." Erleichtert griff Sem
nach ihrem Kleiderhaufen, nahm die Umhängetasche vom Stuhl
und flüchtete ins Bad.

„Udo und ich wollen noch bei Richard reinschauen. Fährst du
mit oder sollen wir dich vorher nach Hause bringen?" Sem suchte
in ihrer Kaffeetasse nach einer Antwort. Bärbels Mutter tupfte

sich mit einer Serviette Marmelade von der Oberlippe. „Sem sollte ruhig mitfahren, nicht wahr, Oskar?" Oskar floss gerade Eigelb übers Sonntagshemd. Er stand ärgerlich auf. Seine Frau wandte sich erneut Sem zu. „Nein, wirklich, ich würde mich den jungen Leuten anschließen." Du lieber Himmel, was hatte Bärbel bloß erzählt, ihre Mutter benahm sich wie eine Seelsorgerin. „Was ist denn günstiger für euch?" „Hansens liegen gleich auf dem Weg." „Dann fahr ich mit." Sem nahm den letzten Schluck des verschwiegenen Zukunftskaffees. Von der Straße her ertönte lautes Hupen. Bärbel sprang auf. „Das ist Udo!" „Kann der nicht klingeln? Diese Huperei, und das am Sonntagmittag!" Oskar setzte sich ärgerlicher als er aufgestanden war. „Tschüss, Mama, tschüss Papa!" Die Mutter bekam einen Kuss, dem Vater strich nur Bärbels langes blondes Haar übers Gesicht. „Auf Wiedersehen und schönen Dank für alles." Sem hoffte den Ansprüchen des guten Tons Genüge geleistet zu haben. „Mensch, wo bleibt ihr denn?" Udo trat aufs Gaspedal kaum das Bärbel und Sem ihre Glieder in den Käfer gefaltet hatten. „Ist ja schon bald Essenszeit." „Noch ein Brummkopf." Bärbel lehnte sich enttäuscht an die Beifahrertür. „Ach was, ist nur der Kater, den Frühschoppen hätten wir uns schenken können." Udo hielt Bärbel die Wange hin und bekam den gewünschten Lippenhauch. Sem schielte innerlich.

Wolf. Ach du liebe Zeit, das hatte sie ganz vergessen, dass der Richards Bruder war. Da klebte er als Scherenschnitt auf einem Schneefeld oder vor Wüstensand oder im Lichtraum über den Wolken, aber es war nur die hartweiße Eingangstür hinter seinem Rücken. „Hallo, ihr beiden, und Sem habt ihr auch mitgebracht." Er hielt die Tür auf. Ein dunkler, schmaler Flur, eine Treppe aufwärts mit altmodischem Holzgeländer. Wolf ging gleich die Tür rechts voran ins Wohnzimmer. Richard und Karin saßen dort bereits auf eckigen Möbeln, die anderen gesellten sich zu ihnen. Sem fühlte sich seltsam steif auf dem kühlen Ledersofa und schaute auf die Schiebetür, die in diesem Moment zur Seite bewegt wurde. Ein kleiner Mann mit eisgrauen Augen und ebensolchen Haar wurde sichtbar. „Das ist aber nett, dass wir Besuch haben". Sem irritierte der Gegensatz von Wort und Wirkung. Trotz des Willkommensgrußes schien die Temperatur im Raum zu sinken. Der Herr nickte in die Runde und setzte sich vor Kopf an den niedrigen Tisch. „Möchte niemand etwas trinken?" Die Bemerkung brachte Wolf und Richard in Bewegung. Eilfertig versorgten sie ihre Freunde und Sem mit Gläsern und Getränken. Ganz gegen ihre Gewohnheit hatte Sem einem Cognac zugestimmt, der ihr heiß durch die Kehle floss und gleich zu Kopf stieg. Sie stieß mit Ivanhoe an, was ihr einen warnenden Blick von Karin einbrachte. Dingdong! Kurz nach dem Klingelton spuckte die Tür

Robin und Hajo ins Wohngemach. „Hey! Wir wollten nur kurz reinschauen. Leider können wir nicht lange bleiben." Robin hatte sich schon ein Glas geschnappt und ließ sich neben Sem plumpsen. Hajo blieb stehen. „Wieso?" Als Sem das fragte, merkte sie, dass Wolf sie beobachtete, wobei er umständlich eine Pfeife stopfte. „Ach, wir müssen proben und können den Übungsraum nur heute Mittag haben." „Was probt ihr denn?" „Wir machen Musik, bisschen Rock 'n Roll, bisschen Pop, wie viele eben." Robin sagte das so dahin, aber Sem war beeindruckt. Sie kannte niemanden sonst, der so was machte. Andächtig leerte sie ihr Glas. „Na, dann." Robin trennte sich schon wieder von dem kühlen Sofa. „Willst du nicht mitkommen? Ich mache Schlagzeug." Sem war in großer Versuchung, aber Robin war fremd. Alles war neu. Sie fühlte sich überfordert. „Ist echt nett, aber Bärbel bringt mich noch nach Hause." Schade, endlich mal lebendige Leute. Die Musiker verabschiedeten sich. Robin winkte: „Vielleicht ein andermal."

4

Das Haus näherte sich geschwind obwohl die Straße gar nicht dorthin führte und es kippte aus dem Gesichtsfeld wie die Blume als sie das Fernrohr ungeübt schwenkte und der Laternenpfahl raste heran... sie fasste sich an die brennende Gesichtshälfte /was sticht da so?/ der Raum ist dunkel, die Stühle aus dunklem Holz, auf einem sitzt sie, auf einem anderen der Onkel. Er hat ein kariertes Trockentuch über dem Kopf. Das Quäken der Autohupe ist immer da, eine runde Dame schließt das Fenster, es nutzt nichts. Viele Leute die sie nicht kennt gehen auf und ab => dass der Holzboden knarrt. Mama und Papa stehen gebeugt und reden auf das Küchenhandtuch ein. Es ist nicht mehr sauber. Es saugt rote Flecken voll. Auf der blauen Anzugjacke glänzt es wie Autoschmiere. /wo er ihn doch extra zu Weihnachten angezogen hat./ Sie schiebt die Hände unter die Oberschenkel, damit die Fußsohlen gerade über dem Boden schweben und die Beine noch baumeln können. Plötzlich ist es still. Keiner bewegt sich, wie im Schloss als Dornröschen sich in den Finger pickst. Sie horcht in die schweigende Umgebung. !Ach!: Es ist nur die Autohupe ruhig geworden und die Stille wird schon übertönt von den Sirenen eines Unfallwagens. „Dein Onkel hat schlimme Verletzungen." Mama streckt den Arm aus und reicht an ihren Kopf. „Bei dir ist es nur ein Splitter in der Wange." Sie wendet sich ab und stöckelt zum Bruder zurück. [Dass man zu solchen Gelegenheiten diese hohen Schuhe nicht auszieht und versteckt]. Männer in weißen Anzügen hasten herein. Einer stellt den Koffer ab und hebt langsam das Tuch. Sie starrt konzentriert auf das entstellte Gesicht. Die Stirn ist sauber aber von den Augenbrauen abwärts rinnt Blut wie Tränen oder Regen an der Fensterscheibe; über Augen, Wangen, Nase rote Rinnsale und verwischte Stellen [vermutlich vom Trockentuch]. Sie schaut hinunter auf ihre Knie, die im Rhythmus des Baumelns flach und spitz werden.

Hier stellt sich die Frage: ?Was empfindet man, wenn der Feind fällt? Wirft man sich auf ihn und bedeckt ihn mit Tränen, weil man gar nicht wollte, dass er verletzt wird oder gar getötet? Wenn der Gegner hilflos am Boden liegt, versetzt man ihm mit Triumph den Todesstoß oder lässt man die Waffe angewidert fallen? Vor allem: Wie schlimm ist es wirklich, wenn jemand auf die erste Seite des Poesiealbums   „ Ohne Moos nichts los!" schreibt?

Sem weint. Sie kniet vor der Schlafzimmerwand der Eltern, mit den flachaufgelegten Händen fühlt sie das Streifenmuster, weil die Wand kühl ist lehnt ihre Stirn daran. Sem weint immer im Schlafzimmer 1. weil es am weitesten vom Flur entfernt ist => die Nachbarn hören nichts 2. weil dort der dreigeteilte Kommoden-spiegel steht => wenn das Weinen die Zone hinter der Stirne zum Schrumpfen bringt beobachtet sich Sem im Spiegel um die Kon-trolle zu behalten, was schwer wird, denn: Erst ist es nur der Ka-rierte mit der Lederhand, der von rechts rein ragt ?Wo ist dein Vater? Es drängen sich aber noch Herr Detzner, Familie Schwartz und der Sportlehrer hinein ? Ist dein Vater da? Als der Platz im Spiegel eng wird, klappt Sem die Außenflügel zu und betrachtet die Kirschholzrückseiten.

Sem kontrolliert sich im Spiegel. /!Ich bin hässlich!/ Sie presst die Hände gegen die Gesichtshaut, schiebt und reißt, bis sich die Hülle löst und den Blick frei gibt auf geädertes Muskelgewebe. /!Ich hin hässlich!/ Sie löst das Muskelfleisch von Knochenmul-den und legt Herz und Magen frei. Der kahle Schädel grinst ent-setzt angesichts der bubbernden Innereien, hastig kratzen die noch behäuteten Hände das glitschige Fleisch vom Skelett. Die schwarzen Augenhöhlen beobachten wie die Hände sich gegen-seitig vom Unrat befreien, aber /!Ich bin hässlich!/ Die Finger-knochen klopfen gegen die nackte Schädeldecke. /!Es ist nichts da, nichts!/ Mühselig klaubt Sem die Bestandteile ihres Körpers auf und heftet sie ungeschickt zurück ans Knochengerüst.

Es war so perfekt, so perfekt. Sem drehte den Füller zwischen den verschwitzten Fingern. Um ihre Brust legte sich ein Reifen, der enger und enger wurde. Ausgerechnet im letzten Satz. Immer und immer. Das Heft war schon so dünn. Mehr Seiten konnte sie nicht heraustrennen. Eine Träne platschte auf das Papier und die blauen, ordentlichen Buchstaben lösten sich auf. Sie ließ den Füller fallen und legte beide Hände vor das Gesicht. Ihre Handgelenke wurden nass und die Strickbündchen des Pullovers, aber man hörte keinen Ton. Das hinuntergeschluckte Weinen setzte sich bleiern in die Lungen und Sem fürchtete zu ersticken. Sie stand auf und ging durch die leere Wohnung. Im Elternschlafzimmer blieb sie vor dem dreigeteilten Kommodenspiegel stehen. Das Mädchen mit den Schwefelhölzern starrte sie an. Die rechte Hand hatte es erhoben. Aus den geweiteten Augen flossen Tränen und vermischten sich mit dem Wasser aus der Nase. Da öffnete sich der Mund und aus seiner Tiefe kroch ein Stöhnen, das von den Streifenwänden des Schlafzimmers als kläglicher Schrei zurückgeworfen wurde. In diesem Augenblick drang lautes Klopfen aus der Diele, abrupt klappte der Mund zu und Sem näherte sich zögernd der Korridortür. „Wer ist da?" „Ich, Frau Körner, mach doch mal auf." Sem öffnete. „Na, Sem, was ist denn? Ich hab' ein so furchtbares Weinen gehört." Der Anblick der fülligen Nachbarin beruhigte Sem. Ihr Alptraum zog sich zurück in irgendeine Zimmerecke und hatte keine Macht mehr. „Ich bekomme meine Hausaufgaben nicht fertig. Ich hab schon so oft angefangen und mache zum Schluss einen Fehler. Ich bin müde, aber ich darf erst spielen gehen, wenn die Hausaufgaben fertig sind." Frau Körner kam herein und nahm Sems Hand. „Weißt du was Kind, du ziehst dich jetzt an und gehst an die frische Luft. Wenn deine Mutter kommt rede ich schon mit ihr." Sem wurde ganz leicht und schwebend. Frei, dachte sie, frei. Sie zog sich die schwarzen Gummistiefel an und den grauen Wintermantel, die grässliche Gurkenmütze, die sie von Oma bekommen hatte, ließ sie liegen. „Vergiss den Schlüssel nicht", warnte Frau Körner und Sem nahm folgsam den Schlüssel vom Brettchen.

5

?Shelter?

Sem steht in der Straßenbahn. Sie kneift die Augen zusammen:
alles ist wie schwarzweiß und hinter Milchglas. Am besten setzen,
aber da sind so viele alte Leute. ?Und wenn sie sind wie Oma
Hedwig? ? MUSS MAN DA NETT SEIN? Es ist die Luft, die alle
Ränder verschwimmen lässt. Sem greift die Haltestange direkt
vor ihrer Nase. Ein paar Zentimeter höher hängt eine Männer-
hand. Sem lässt die Stange los und fasst erneut zu, diesmal so,
dass ihre Hand beinahe unter der anderen, großen liegt, dass sie
wie zwei Häschen nebeneinander liegen. Der kleine Hase merkt,
wie der andere Wärme verbreitet, ein kuscheliges Nest macht und
er möchte ganz hineinkrabbeln: da ist es wieder kühl. Der Mann
hat die Hand weggetan, Sem schaut auf den Boden. Armer Papa...
Im Gerichtssaal hockt ein vierjähriger Junge mit blonden Locken,
soll antworten: ?WO willst du hin? --- „Mami." Das kleine Wort
fällt in dunklen, holzriechenden Raum - springt über das Parkett,
prallt leise gegen den schwarzen Talar des Familienrichters und
kullert zurück auf den Boden vor Papas Füße. „Also zur Mutter!"
Der Richter klopft mit dem Hammer auf den Tisch und Hedwig

reißt Papa triumphierend an sich => der strampelt !MAMI! doch Uroma sitzt wie im Traum und schüttelt verwirrt den Kopf.

Heute Nachmittag fahren wir zur Uroma. Ihr geht es nicht gut. Ich besuche sie gerne. Sie bewohnt nur zwei Zimmer unter dem Dach, in einem Haus mitten in der Stadt. Bei ihr ist es besonders. Alles riecht alt. Der Küchenschrank mit den vielen Schubfächern, in denen ich immer kramen darf Taschenmesser, Lupen vergilbte Fotos und Ausweispapiere. Leider darf ich nie etwas mitnehmen von den Sachen Wenn ich alles eingeräumt habe, klettere ich meist auf einen Stuhl und schaue aus dem Dachfenster, hinab auf die schmalen Balkone des nächsten Hauses. Sie sind so klein, dass man nur drauftreten kann und wieder runter. Trotzdem ist dort immer jemand beschäftigt, Blumen werden versorgt, ein älterer Herr hängt Wäsche auf. Die Frau mit den Blumen ruft: "Puss, puss, puss!" und eine kleine schwarze Katze kommt übers Dach und spaziert über die Veranda Balustrade, wo direkt neben den Blumentöpfen ein gefüllter Futternapf wartet. „Sem." Ich springe vom Stuhl und gehe hinüber ins Schlafzimmer, wo Mama an Uromas Bett sitzt. „Oma möchte dich bei sich haben." Ich setze mich auf die Bettkante und nehme Omas Hand. Sie schaut mich an, ganz klar, sie sieht gar nicht krank aus. „Ja, Kind, so ist das, einmal geht es zu Ende. Ach Oma, du wirst wieder gesund, bestimmt."

„Nein, nein, das fühlt man. Was soll es auch. Ich bin zufrieden. Das Leben war nicht immer bequem, aber aufregend, bisweilen anstrengend, so dass ich ganz froh hin, jetzt meine Ruhe zu haben." Ihre Hand in meiner wird ganz schlaff. Ich bekomme einen Mordsschrecken. „Keine Sorge, sie schläft nur." Mama beruhigt mich. „Wir werden gleich gehen, Tante Katharine wird kommen und auf sie aufpassen." Die Küchenuhr tickt so laut in der stillen Wohnung, genau wie hei Großmutter in Westfalen. Mir ist das unheimlich. Ich muss immer an die Geschichte denken, wo ein Bauer seinen kleinen Sohn vor dem Ertrinken rettet und zu Hause zu ihm sagt: „Um ein Haar wärst du tot gewesen." „Tot. Was ist das?" fragt der kleine Junge. Da geht der Vater mit ihm zu der laut tickenden altert Standuhr und hält den Pendel an. In die völlige Stille sagt der Vater: „Das ist tot." Und das Kind fängt an zu weinen, bis der Vater dem Pendel einen Stoß gibt und sagt: „Aber du lebst ja noch."

Ich fahre mit meinem Vater in strömendem Regen nach Hause. Die Scheibenwischer quietschen, als ich durch die verschwommenen Fenster meine Urgroßmutter erkenne. Sie steckt bis zum Bauch in dem Kanal in der Mitte der Straße und winkt uns zu, dann rutscht sie langsam nach unten bis zuletzt ihre Hand verschwunden ist. Ich schreie erschreckt auf und finde mich wieder in meinem Zimmer und denke erleichtert, ich habe geträumt, aber das Zimmer ist so dunkel und ich liege auf der Couch, die wir letztes Jahr ausrangiert haben, ich weiß, dass ich jetzt ein Bett habe. Ich weiß, dass ich noch träume und will raus aus diesem dunklen Zimmer. „Mama" rufe ich „Mama" und endlich liege ich wieder in meinem richtigen Bett.

Ich fuhr mit meinem Vater in strömendem Regen nach Hause. Obwohl die Scheibenwischer unseres Käfers in höchster Geschwindigkeit über die Frontscheiben quietschen, saß Vater vorwärts über das Lenkrad gebeugt, um besser den Verkehr zu überblicken. Ich genoss das Spiel des fließenden Wassers und der eifrigen Wischblätter, bis mir der Schrecken mit glitschigen Fingern den Leib anrührte: vor uns auf der Straße bewegte sich eine Gestalt, deren Unterkörper in einem Gully steckte, sie winkte uns zu, rutschte mehr und mehr in den Kanal, bis auch die Hand verschwunden war. „Papa, da war gerade Uroma, sie ist von einem Straßenkanal verschluckt worden." Vater regte sich kaum auf. „Hat sie dich auch schon jeck gemacht mit ihrer verrückten Vorstellung?" Ich erfuhr, dass die alte Frau fürchtete, nach dem Begräbnis in Abwasserkanälen zu landen und auf ewig der stinkenden Kloake ausgesetzt zu sein. An jenem Abend dachte ich lange nach. Ich sprach mit Uroma, erklärte ihr, dass nichts war, wie sie es sich vorstellte, dass nicht einmal das dunkle Erdreich ihre Heimat würde, sondern dass sie irgendwohin käme, wo es hell sei und voller Fröhlichkeit. Ich wiederholte diese Erklärung immer und immer wieder, bis ich einschlief. Am nächsten Morgen machte Mutter so ein tragisches Gesicht, wie die Erwachsenen es aufsetzen, wenn ihnen nichts Richtiges einfällt um Traurigkeit Ausdruck zu geben. Klar, dass Uroma gestorben war.

Crazy

„Wer liest denn so etwas?" Sie schaut ihn verständnisvoll an. „Eine Minderheit. Natürlich. Nur eine Minderheit." >Crazy<. Dass alles wahr ist. Dass ihre Welt da ist, ohne dass jemand Einfluss nehmen kann. >Crazy<. Wie macht er es, wenn die nahen Kirchenglocken dröhnen, aus dem Nebenzimmer die Boxen der Kompaktanlage über sich selbst hinauswachsen und das kleine Mädchen in der Badewanne singt. Hört er etwas nicht? Macht er die Türen zu? Ob der Text in Fünfersymmetrie wächst oder spiralförmig, er ist da, so oder so. >Crazy<. Wenn der andere wüsste, dass er anwesend ist hilflos, vierjährig, nicht weniger als jetzt, zweifelnd und mit Eishaar. Sie tut, als ob es sie nicht interessiert, dass er den Text nicht versteht. Als wäre es überhaupt uninteressant, dass jemand den Text versteht. In Wirklichkeit schaut sie aus dem Fenster, sieht Wolkenränder um Lichthöfe und wünscht sich den Big Bang, der jeden die Wahrheit des anderen sehen lässt. >Crazy<.

6

Die Abwanderung der Mütter verbreitet Kälte. Verfrorene Söhne und Töchter bewegen sich wie Roboter in Büro und Appartementlabyrinthen. Mancher wagt es noch selbst eine Kanne zu zerschmeißen und nutzt nicht die Befreiungsräume von ‚Glück 1'. Damit sie nicht ‚Du darfst' singen müssen, stecken sie sofort den Finger in den Hals. Lagerfeuerromantik gibt es noch a b e r: die meisten schaffen es NICHTSELBST anwesend zu sein. Trost ist, dass Hautduft noch wahrgenommen wird, hier ° und da * . Die Bänder der Rauminstallateure erinnern an den Ariadnefaden, aber sie helfen uns nicht raus. (Der Frau drücke ich das Gesicht in die Regentonne: Wenn du k e i n e Zeit hast, schaffe dir k e i n e Kinder an. Der Mann verdient einen Tritt zwischen die Beine: Knete reicht NICHT.)

Sem hatte keine Lust mehr. Der ewige Besuch von diesem Zwinger. Die ewige Abwesenheit von Walter und Ursula. Die waren nicht da, wenn sie da waren. Und was haben sie miteinander zu tun? Sem war echt müde. Eigentlich hatte sie sich was vom Leben versprochen, aber trotz größter Aufmerksamkeit, sie erfuhr nichts Gutes. Die leeren Hülsen mit den blendenden Schalen waren schreckenerregend. Und ihre Schale taugte nicht viel, mit einer käsigen Tochter konnten die Eltern keinen Staat machen „Ich habe Angst." Walter spülte Kartoffeln ab. „Wovor ? Was soll das heißen?" „Wovor kann ich nicht sagen. In mir ist große, schwere Angst, sie ist mächtig." „Ach, das ist dein Alter, das geht vorbei." Walter konzentrierte sich auf die Bratkartoffeln. Sem sah die Tagesschau. Kleine schwarze Kinder mit Ballonbäuchen und Alraunenbeinchen, vor ihren Gesichtern Stacheldraht. Am nächsten Tag wollte sie nicht zur Schule. „Was ist denn schon wieder?" Ursula war gereizt. Sem hat kein bisschen Pepp. Die Probleme mit Walter wachsen einem über den Kopf und Sem kann nichts selber. Fast siebzehn und unselbstständig wie ein Kleinkind. „Mir ist schlecht." Schlecht. Immer ist ihr schlecht. Kein Wunder bei ihrem Essverhalten. Mal stopft sie unmäßig in sich hinein, dann isst sie tagelang gar nichts. Mangelnde Selbstdisziplin. Von mir hat sie das nicht. „Du musst es selbst wissen. Ich bin gleich weg." Sem blieb im Bett und starrte an die weiße Zimmerdecke. Den ganzen Tag allein, sicher würde der Zwinger kommen. Wenigstens würde sie nichts essen. Nicht essen ist immer gut, sie würde ihrem Körper zeigen, wer Herr im Hause ist. Außerdem fällt das schlechte Gewissen den mageren Kindern gegenüber weg. Sem stöhnte. Den Kampf mit ihrem Körper hatte sie natürlich verloren.

Sämtliche Obst und Süßvorräte hatte sie in sich hineingestopft, aus dem Kühlschrank nur so viel, dass es nicht direkt ins Auge sprang. Ursula war sonst sehr aufgebracht. Sie mochte keine dicke Sem. Aber das war Schnee von gestern. Jetzt ging es darum, ob sie überhaupt noch Lust hatte. Sie kramte im Badezimmerschrank. Ursula nahm manchmal Schlaftabletten. Die kleine Plastikdose war fast voll. Wie günstig. Sem machte sich einen warmen Kakao. Sie saß auf der Bettkante, schluckte immer drei Pillen und spülte mit Kakao nach. Die Eltern hatten Betriebsfest. Sie würden erst in der Nacht nach Hause kommen. Dass Sem dann schlief wäre nicht außergewöhnlich. Warum sich manche die Pulsadern aufschnitten oder strangulierten, grauselig. Einschlafen ist viel natürlicher und einfach. Wer hat schon Angst vorm Schlafen. Sem zog sich aus. Sie faltete Jeans und Pullover und legte die Kleider sorgfältig gestapelt auf den Schreibtischstuhl. Unterwäsche und Socken als Sahnehaube obendrauf. Sie ging zum Schrank und wählte ein Nachthemd. Sie zog sonst nie ein Nachthemd an, außer im Krankenhaus und wenn irgendwer zu Besuch war. Sem mit Blumennachthemd, unmöglich, eine Leiche jedoch, blass und ätherisch, hoffentlich bin ich als Tote wirklich schön. Sem schüttelte das Kopfkissen auf, sie legte sich hin und faltete die Hände auf der Bettdecke. Sie merkte gar nichts. Ob die Dinger nicht stark genug waren?

„Ist das dein Ernst Sem?" Sem verschränkt die Arme hinter dem Kopf. „Du bist also noch gekommen." „Das wusstest du doch." „Na ja, aber meine Geschichte ist aus." Sem hat Recht. Was soll ich hier noch. Am Fußende stehen bleiben? Dann laufe ich Gefahr, dass sie mich mit jemandem verwechselt. „Da staunst du, was? Hättest du nicht gedacht, dass Sem dir ein Schnippchen schlägt." „Ich staune nicht, ich bin traurig." Sem zupft an der Bettdecke. „Also etwas traurig bin ich auch, aber nicht so richtig." Ich hocke mich an die Seite des Bettes und nehme Sems Hand. „Soll es weitergehen oder möchtest du heute Nachmittag haben. Ich kann das." „Ich weiß, aber es ist nicht nötig. Ich bin entschlossen und darum geht es mir gut." „Na dann." Ich lasse ihre Hand los und erhebe mich. Leise will ich mich zurückziehen, aber natürlich trete ich auf ein Plastikteil. Sem stützt sich auf die Ellbogen. „Also, das hätte nicht sein müssen. Mein schöner Füller und dann die Tinte auf dem Teppich." „Was liegt der auch hier auf dem Boden." Sem fällt zurück ins Kissen. „Das wird immer schöner, macht einer Sterbenden Vorhaltungen."

Es ist sehr dunstig. Die Wand mit dem Sarg neigt sich. Sem versucht sich vom Bett zu rollen, aber der Körper bleibt liegen und die Wand senkt sich und presst ihn tief in die Matratze. Sem entweicht und gleitet ins Zimmer. Sie wundert sich, dass sie vor sich ihre Hände hat und ganz an sich hinuntersieht, wenn sie das Kinn auf die Brust drückt, immerhin ist ihr Körper im Bett. Sie schwebt durch die Diele und will ins Schlafzimmer der Eltern, aber die Tür ist fest verschlossen. Mama...Mama! Kein Laut löst sich von ihren Lippen. Die Stimme ist verloren. Entmutigt schwebt sie zurück. Der Körper wartet auf dem Bett, die Wand steht wieder. Sem legt sich auf das leblose Fleisch und versinkt. Ihr Kopf schlägt hin und her, so rüttelt jemand an den Schultern. Unwillig öffnet sie die Augen, nur einen Spalt weit. „Du musst aufstehen Sem!" Ursula ist gereizt. „Reicht es nicht, dass ich deinen Vater ständig antreiben muss?" Ich bin noch immer hier. Mir gelingt aber auch gar nichts. Mit den Händen schiebt sie die Beine aus dem Bett, sie pendeln wie Gummistangen über der Kante. Sie lehnt sich weit nach vorn, weil sie durch ein Fischauge blickt ist sie dankbar, als die Hände die Sitzfläche des Schreibtischstuhls erreichen, sie zieht das quietschende Möbel ans Bett. Eigentlich hatte sie die Kleider für die anderen gefaltet, nun kommt es ihr zu Gute, dass sie so ordentlich beieinander liegen. „Sem!" Sem schwankt in die Diele. Sie prallt auf Ursula. „Mein Gott, Sem, was ist denn?" Sem hält sich an Ursulas Schultern fest, aber dann rutscht sie in die Kleider und gleitet unter ihnen zu Boden. „Da stimmt doch was nicht." Es klickt in Ursulas Oberstübchen. „Sem, du hast was genommen!" Sie rauscht ins Badezimmer, klappt die

Schranktürchen auf und zu, zerrt an den widerspenstigen Schubladen. Sie stürzt in Sems Zimmer. Sem liegt auf dem Dielenhoden, sieht die Strumpfhosenfüße der Mutter und horcht angestrengt den Worte hinterher. „Du stehst sofort auf." Ursula zieht vergebens an Sems Kleidern. „Kommst du jetzt." Sem baut sich zusammen. Am Arm der Mutter richtet sie sich auf und stelzt zum Küchenstuhl. Ursulas Stirn ist feucht, sie reibt den Schweiß hoch zum Haaransatz. „Du trinkst jetzt Kaffee und dann gehst du zu Dr. Wender." „Was soll ich da?" „Du sagst ihm, was du gemacht hast. Er wird wissen, was zu tun ist." Ursula geht ins Badezimmer. Irgendwas ist falschgelaufen. Sie zieht ein Kleenex aus dem Pappkarton und tupft den Schweißfilm vom Gesicht. Was ist das bloß für eine Frau, die sie da mit aufgerissenen Augen anstarrt, und deren Lippen so unvorteilhaft bleich im Gesicht kleben. Die Frau, die ihr eigenes Kind nicht versteht. Ursula greift nach dem Lippenstift und malt dem fremden Gesicht einen wunderbar roten Mund. Na, das sieht schon anders aus. Nun noch die Brauen nachziehen und die Wimpern tuschen. Erleichtert erkennt sie sich wieder. Sie packt die Schminkutensilien in die Handtasche. Portemonnaie, Schlüssel, alles drin. Eilig schlüpft sie in die Pumps am Schuhschrank und nimmt die Pepitajacke vom Bügel. „Tschüss, mein Schatz, ich bin spät dran." Sie drückt Sem einen Kuss auf die Wange. Das sieht merkwürdig aus, der rote Mund auf der weißen

Haut. Schnell reibt sie den Abdruck fort. „Und tu, was ich dir gesagt habe. Im Glas ist etwas Geld." Die Korridortür fällt ins Schloss.

„Hallo, Sem!" Ich streichele Sems Wange. „Du lebst noch." „Ja. Freust du dich?" „Kann man wohl sagen." Ich setze mich auf den anderen Stuhl und betrachte einen blassen Menschen. „Weil die Geschichte noch nicht zu Ende ist?" „Unter anderem." „Gehst du mit zum Arzt?" Das verschlägt mir die Sprache. Sem bietet mir ihre Gesellschaft an. Ich runzle die Mandeln und bemühe mich um glatte Worte. „Mach ich. Mal sehen was der alte Korinthenkacker dir erzählt." Sem lacht und ich bin stolz auf mich.

7

Sem schwebt. Mary Poppins kann fliegen wegen dem Schirm. Sasa und Marc laufen den Parkweg entlang wie glückliche Kinder. Derselbe Wind, der ihren Rock aufpustet und wieder fallen lässt, holt die beiden ein, stellt Locken auf und fächert Sasas Mähne. Mary Poppins scherzt mit dem Straßenmaler, aber nackt kann man sie sich nicht vorstellen. Daisy und Donald gehen auch nur ins Restaurant und auf den Jahrmarkt: die Kinder stammen alle von unbekannten Geschwistern? oder Vettern und Basen? Sem bleibt stehen. Mit der rechten schiebt sie den flatternden Pony aus den Augen. Monatelang hatte sie den Gedanken eingesperrt, ihr Innerstes umgegraben und den Wunsch zuunterst gelegt. !Love is a burning thing! Dass sie alleine mit den Kindern geht !froh!.

/! Ich gehe!/ /! Du und dein Theater!/ /Seit acht Monaten schwärme ich - ängstlich- gestern ist es passiert. Ich muss gehen./ Wolf nimmt die Flaschen aus dem Kühlschrank. /Mach was du willst./ Sem lehnt am Türrahmen und beobachtet Wolf und es ist wie zehnmal dreihundert Abende. Sich die Haare ausreißen wollen oder fressen und kotzen oder auf die Dachterrasse flüchten und hinunter starren ins schwarze Gartendreieck.

Sem lässt die Ponyfransen los und rennt den Kindern hinterher.

Ich formte meine Hände zu einem Trichter und legte sie vor den Mund. „Sem", flüsterte ich, „Sem". Sem erschien hinter dem Sofa. Sie hatte einen weinrot gestreiften Bademantel an und ihr Gesicht schwebte bleich über dem Kragen. Sie schaute mich fragend an. „Ich würde so gerne dein Liebesleben schildern, aber ich bring es nicht." „Ist es denn wichtig?" „Keine Ahnung." „Warum erzählst du nicht einfach, wie es war, mit Wolf oder mit Johannes oder mit mir selbst?" „Ich kann es nicht erzählen. Entweder wird es platt oder vulgär." Sem starrte an die Decke. Nach einer Weile sagte sie: „Es ist platt oder vulgär oder Zirkus oder eine Vorführung oder, oder, oder, nach außen, wenn man es anschaut, wie du. Dahinter ist es das, was der Mensch ist, der es macht. Du kannst mein Liebesleben nur zeigen, wenn du ich bist oder das von Johannes, wenn du Johannes bist oder du beschreibst dein Liebesleben." Sie lachte schadenfroh. „Also stell dich dar oder lass es." Sem verschwand. Ich lehnte mich enttäuscht zurück. Sem will nichts verraten. Vielleicht ein anderer? Johannes. Johannes gibt gerne an, von ihm erfährt man bestimmt etwas.

Ich hatte mich mit ihr an dem Bach verabredet, der genau zwischen U. und M. fließt. Eine alte kleine Brücke. Wiesen. Wenig Menschen. Ich war sicher, dass Sem das gefallen würde. Obwohl ich zugeben muss, dass ich selbst eine Schwäche für kitschige Rendezvous habe. Sem trägt gerne weite Röcke und Bauernblusen, sie gehört einfach auf eine Wiese. Die kleine Punkerin davor, mit den ewig schwarzen Röhrenjeans und den Raucherzähnen, da war dieses leere Zimmer mit der Matratze auf dem Boden richtig. Also, Sem hatte ihr Auto am Anfang des Uferwegs geparkt und kam erwartungsvollen Schrittes auf mich zu. Ich erfüllte ihre Hoffnungen, legte meine Hände auf ihre Hüften und drehte mich mit ihr. Sie lachte nur kurz auf und machte meine Hände los. „Du spinnst." Das rote Tuch, das sie als Gürtel umgebunden hatte, nahm sie ab und schwang es hin und her, während wir nebeneinander gingen. „Was machen wir jetzt?" „Was du möchtest." Gar nicht dumm, sie entledigte sich der Verantwortung. Ich nahm ihre Hand und zog sie in die Wiese hinein. „Komm setzen wir uns." Bereitwillig ließ sie sich neben mir nieder, schaute in mein Gesicht, dann auf ihren rechten Fuß, an dessen Zehen der Absatzschuh schaukelte. „Shit!" Ich klatschte die flache Hand gegen meinen Hals. „Dieses Getier im Sommer. Grässlich." Sem lachte. „Ich dachte du wärst eine Art Gaucho, denen macht doch sowas nichts, oder?" Ich stand wieder auf. „Komm, wir gehen etwas vom Bach weg, da sind nicht ganz so viele Mücken." Ich zog sie hoch und ging dann vorweg in Richtung Felder. „Dahinten unter dem Baum, sieht gut aus, oder?" Sem nickte. Als wir uns dem Baum nähern wollten stießen wir auf einen Stacheldrahtzaun. „Ich hasse Zäune!" sagte Sem voller Inbrunst. Ich wollte sie hinüberheben. „Dazu bist du nicht groß genug", sagte sie und lachte schon wieder. Sie hielt sich an einem Holzpfosten fest, setzte die Füße auf die schwankenden Drähte und sprang auf die andere Seite. Ich machte es ihr nach, zu meinem Bedauern etwas ungeschickt, so dass ich auf den Knien neben ihr landete. Sem sparte sich eine Bemerkung. Endlich saßen wir an den Stamm gelehnt. Ich hatte den Arm um sie gelegt und nagte an ihrem rechten Ohrläppchen. „Schau mal, dort, die Spaziergänger." Sie zeigte mit ausgestreckter Hand auf eine Gruppe mit Hund, die auf der anderen Seite des Grundstückes am Zaun entlang schlenderten und interessiert zu uns herüberblickten. Ich war nicht begeistert. Sem fand es lustig. Sie hob die Arme und winkte den Neugierigen zu „Huhu!" Ich stand wieder auf und rieb mir den Rücken. „Komm, wir gehen zu mir." Sems Gesicht war ruhig, aber in ihren Augen blinkte es. „Du hast mir doch so vorgeschwärmt vom romantischen Beisammensein in der freien Natur." „Natur", brummte ich, „wo ist denn hier Natur." Ich war jetzt festentschlossen, sie mitzunehmen. Eigentlich wollte ich ja nicht. Sem war so ein munterer, ehrlicher Kerl. Ich musste einfach eine Enttäuschung für sie werden. Wenn sie mich besser kannte. „Also kommst du?" Sem stand auf und folgte mir. „Fahr einfach mit deinem Auto hinter mir her!" Sem nickte.

Ich fuhr zur Stadtwohnung, im Haus würde sie noch mit der verrückten Christa zusammenstoßen. Ich schaute in den Rückspiegel, Sems bunter Käfer hing an der Stoßstange meines Wagens. Als wir ausstiegen, blickte Sem erstaunt an der Häuserfront hoch: „Hier wohnst du auch?" „Mmh." Ich schloss auf: „Erster Stock." Sem kletterte die Treppe rauf wie bei einer Burgbesichtigung, eine Hand sichernd an der Wand, aufmerksam nach oben blickend, als könnte ihr jeden Augenblick ein Ritter oder ein Gespenst entgegenkommen. Sie blieb vor der richtigen Türe stehen, na ja, sie kennt meinen Familiennamen, und verharrte in gespannter Erwartung, als ich den Schlüssel im Schloss drehte. Die Tür sprang auf. „Bitte sehr." Sem trat ein und ließ ihren prüfenden Blick wandern. Gott sei Dank hab ich eine Putzfrau. „Nicht ungemütlich." „Was hast du denn gedacht?" „Weiß nicht." Sie ließ ihren Rucksack auf den Stuhl am Schreibtisch gleiten. „Ich hab ein paar Weintrauben mitgebracht." Das erstaunte mich. Keine der Frauen, die bisher mitgekommen waren, hatte etwas mitgebracht. „Eine gute Idee bei der Hitze", murmelte ich und nahm das Obst, um es in der Küche abzuwaschen. Als ich zurückkehrte, saß sie auf dem Bett, wobei ich sagen muss, dass es neben dem einen Stuhl keine andere Sitzgelegenheit im Zimmer gab, und schaute aus dem Fenster. „Meinst du, das ist der richtige Platz?" fragte ich. Sie strahlte mich an: „Hundertprozentig." Also, dass sie ganz so selbstsicher war, wie sie es an den Tag legte, glaubte ich nicht. Ich setzte mich ebenfalls aufs Bett und stellte die Weintrauben zwischen uns. Wir aßen beide und warteten. Schließlich hatte ich genug, immerhin war ich der Geübtere. Ich schob den Teller unters Bett, nahm Sems Schultern und drückte sie vorsichtig zurück, so dass sie schließlich zwischen den bunten Kissen lag. Ich merkte wie sie sich verkrampfte, aber als ich mit dem Mund ihren Hals berührte war mir, als wurde sie auseinanderfließen. Überall fühlte ich weiche Seidigkeit und der Drang in sie einzutauchen wuchs gegen meine Erwartung. In meinem Alter genießt man viel häufiger die Erregung des anderen, und meine Gier kam so überraschend für mich, dass ich sie nicht mehr unter Kontrolle halten konnte. Ich erinnere mich kaum, wie ich meine eigenen Kleider vom Leib bekam, aber dass ich Sem auszog, weiß ich noch. Diese Bauernbluse, an deren Schleife ich so ungeschickt rumfingerte und die man dann einfach an den Schultern hinunterschieben konnte, bis die weißen Brüste sichtbar wurden, und ich dachte, wie schön, dass sie nicht oben ohne schwimmen geht. Ich zog die

Bluse bis zur Taille hinunter, und steckte meine Nase in ihre Achsenhöhle. Meine Hand kreiste über ihrem Bauchnabel und strich zu den Brüsten hoch, deren Spitzen sich längst verhärtet hatten. Sem rührte sich nicht, aber das rasche Heben und Senken des Brustkorbs und die Gänsehaut, die sich in Abständen bildete, zeigten mir ihre Erregung. Erst wollte ich den Saum des Rockes langsam hochziehen, um nach und nach an mein Ziel zu kommen, aber dann wurde ich ungeduldig und zerrte das Stoffgewusel, das Bluse, Rock und Slip um ihre Hüften bildeten, mit einem Ruck über ihre Beine und warf es auf den Boden. Als ich mit den Fingern über den Punkt in dem schwarzen Miniaturteppich strich, wurde Sem unruhig ohne dass sie etwas Außergewöhnliches tat, zeigte ihr Fleisch eine Offenheit, die mir Schläfen und Stirn heiß machte, mein Glied kannte kein Halten mehr und spritzte Sems Bein nass. Nicht, dass ich deswegen noch Probleme habe, mit Vorzeitigkeit und so, aber schade fand ich es. Ich dachte auch, Sem wäre jetzt enttäuscht. Als ich höher kroch, um ihr ins Gesicht zu sehen, schaute sie verträumt an die Decke. Plötzlich setzte sie sich auf. „Leg dich bitte auf den Rücken", sagte sie. Nach ihrer völligen Passivität hatte ich mit einer solchen Aufforderung nicht gerechnet. Sie verrieb meinen Samen auf ihrem Oberschenkel und in ihrer Hand und begann mich einzuschmieren. Überall. Beine. Bauch. Brust. Hals. Na, eben alles. Nur mein bestes Stück sparte sie aus. Schließlich folgte sie den Spuren ihrer Hände mit dem Mund und als ich dachte, dass diese Kribbelei unerträglich wird, nahm sie mich in ihre warme Mundhöhle. Ich dachte, ich dreh durch. Jeder Mann weiß, wie das ist, kurz nach dem Orgasmus eine solche Berührung. Sie ließ nicht von mir ab, bis ich wieder Haltung angenommen hatte. Dann setzte sie sich auf mich und bewegte sich mit einer Kraft, dass mir war, als würde ich gestoßen. Ich war völlig benommen, als sie über mir zusammenfiel und die Schweißfilme unserer Körper aneinanderklebten. Ich glaube, wir sind eingeschlafen. Als wir zu uns kamen, wurde es dunkel. „Wo ist das Bad?" fragte Sem. Sie sammelte ihre Kleider auf und als sie gekämmt und angekleidet zurückkam, konnte man den Eindruck gewinnen, es sei nichts gewesen. „Hast du was zu essen?" Ich schüttelte den Kopf: „Tut mir leid, aber um die Ecke gibt es eine Gaststätte." Ich beeilte mich mit dem Anziehen und wir verließen die Wohnung.

„Eigentlich schade." „Was ist schade?" „Wenn man so bedenkt. Bis gestern habe ich mir nur vorgestellt, wie es mit dir wäre. In der Phantasie ist alles viel ergreifender. Vielleicht hätten wir es dabei belassen sollen." Sie schob eine Bratkartoffel in den Mund und spülte mit einem kräftigen Schluck Pils nach. Ich war irritiert. „Du hast Ideen... hat es dir nicht gefallen?" „Nein, nein, im Gegenteil." Das Rot ihrer Wangen verstärkte sich. „Ehrlich."

Sie schob etwas Ei auf die Gabel. „Aber an die Phantasie... da kommt einfach nichts ran."

8

Zehn Jahre. Das war was. Das schienen sogar die Eltern zu finden. Zum ersten Mal durfte Sem Kinder einladen. Aus ihrer
Klasse und der Nachbarschaft. Acht waren gekommen und davon
ein Junge - Henning. Der wohnte im Haus und war schon elf.
„Aber nur zum Kuchenessen", hatte er gleich beim Hereinkom-
men gebrummt. Sem konnte ihn verstehen. Dass er bei einem
Mädchengeburtstag überhaupt gekommen war, musste man ihm
hoch anrechnen. Sie saßen alle recht steif am Tisch, aßen Kuchen
und schlürften warmen Kakao, bis Henning eine Serviette zusam-
menknüllte. Er warf sie quer über den Tisch und sie landete genau
in Sems Kakaotasse. Die anderen Mädchen prusteten und lachten
laut, Sem wusste nicht, warum sie es nicht lustig fand. „Was ist
denn los?" Ihre Mutter kam ins Esszimmer. „Also, das ist ja nicht
gerade nötig!" Henning stand auf. „Ich wollte jetzt sowieso gehen." Sem sprang ebenfalls auf und brachte ihn zur Tür. „Schade,
dass du nicht länger kannst." „Nur zum Kuchen. Hab ich doch
vorher gesagt." Sem nickte. „Jedenfalls danke für das schöne Ge-
schenk." Sie schloss die Korridortür und hatte keine Lust mehr
zum Feiern. Sie machten noch die üblichen Spiele, Schokoladen-
essen, Flaschenorakel, Teekesselchen, na, eben das Übliche. Beim

Kimspiel starrte Sem so intensiv auf die Gegenstände, dass sie begannen vom Tablett abzuheben und in der Luft zu wirbeln bis sie eine kleine Windhose bildeten. Gerade wollte Sem den Zeigefinger ins Auge des Wirbels stecken, als das Tablett weggezogen wurde und die Sachen zurückstürzten. Die anderen waren offensichtlich guter Stimmung, aber Sem war froh, als sie nach Würstchen und Kartoffelsalat endlich gingen. „Hat es dir gefallen?" Ursula hatte sich besonders angestrengt. Sogar frei hatte sie heute genommen. Seit Sem im Gymnasium war, hatte sie schon mehrere Einladungen zu Geburtstagsfesten bekommen, da durfte man natürlich nicht zurückstehen. Das Fest schien gelungen, obwohl Ursula sich nicht richtig klar war, wann Kinder wirklich Spaß hatten. „Ja, Mami, hast du wirklich super gemacht. Danke schön." Sem drückte ihrer Mutter einen Kuss auf die Cremewange. „Wann kommt Papa nach Hause?" „Es wird wohl wieder später werden, im Moment gibt es viel Arbeit." Sem ging in ihr Zimmer. Auf dem Schreibtisch lagen die Geschenke der Geburtstagsgäste. Sem schob Bücher, Notizblöckchen und Stifte zur Seite, bis sie das Poesiealbum in der Hand hatte, das sie von Henning geschenkt bekommen hatte. Es sah so vornehm aus. Sie strich über den ockerfarbenen Kunstledereinband und schlug es auf. 'Zur Erinnerung Henning Bender' stand in gestochen scharfer Tintenschrift auf dem Deckblatt. Sem staunte. Dass Henning so ordentlich schrieb.

Da hatten seine Eltern bestimmt Linien gezogen. Sie überlegte, wem sie das Album als erstem geben würde. Also auf der ersten Seite wollte sie nicht so einen Vergiss-mein-nicht-Spruch haben. Es musste etwas Besonderes sein. In Gedanken ließ sie Verwandte und Bekannte passieren bis sich ihr inneres Auge mit Bestimmtheit an einer Person festsaugte. Rolf, jawohl. Sem hatte sich entschieden. Rolf zählte als Erwachsener, er studierte immerhin schon, und außerdem sagte er Papa und Mama, was er blöd fand, und was er blöd fand, fand Sem meistens auch blöd. Sem nahm einen Bleistift und schrieb Rolfs Namen in die Ecke oben rechts auf die erste Seite. Auf die nächsten Seiten schrieb sie noch die Eltern und die Großeltern, damit niemand beleidigt war.

"Just around the corner in a little school..." Sem tanzte wild, so wie sie sich Rock' n Roll vorstellte. Sie sprang im Rhythmus der Musik vom linken aufs rechte Bein und wieder zurück und hatte das Papierschiff über die Augen gezogen, damit sie die klatschenden Erwachsenen nicht sehen konnte. Unter der Mütze merkte sie die Nässe als feuchtwarmen Nebel auf dem Gesicht, der Pullover rutschte unangenehm auf dem schwitzigen Rücken, doch Sem tanzte unbeirrt weiter. Sie freute sich über den unerwarteten Beifall der Großen, die sich vorher nur um Manuela, die Dreijährige der Gastgeberin, gekümmert hatten. Immer neue Platten wurden aufgelegt und Sem imponierte durch ihre Ausdauer. Die Silvestergesellschaft war leicht angetrunken, sie hatte keinen Ehrgeiz selbst zu tanzen, sie lachten und tratschten, wetteten wie lange Sem es aushalten würde und schmusten herum. Schließlich hatte Sem genug, sie schob die Kappe zurück und ließ sich auf den Boden plumpsen. Alles war wie vor zehn Schallplatten. Papa diskutierte eifrig mit Isolde. Mama sprach mit Marlene und, ja, was war das? Marlene hatte den Arm um Rolfs Schultern gelegt. Unverschämtheit, wo doch sie, Sem, Rolf heiraten würde. Sem stand auf und lehnte sich über den Couchtisch. „Rolf!" Rolf hörte nicht. „Rooolf!" „Mensch was ist denn, wieso pennst du noch nicht?" Ursula wurde aufmerksam, das passte Sem gar nicht. Oma am anderen Ende des Tisches erhob sich. „Lass nur, Ulla, ich mach das schon." „Ach, Mutti, du sollst auch mal was haben." „Unsinn, du weißt, dass ich keine Nachteule bin." Sie nahm Sem bei der Hand. „Komm, Sem, wir machen es uns jetzt gemütlich." Sem gehorchte, Oma duldete sowieso keinen Widerspruch. Der Gedanke an das riesige Doppelbett mit den weißen Stärkebergen stimmte sie versöhnlich. Außerdem war das heute ihr Aufbleiberekord. Martha nahm die Taschenlampe und leuchtete die steile Treppe aus. Die Stufen knarrten. Plötzlich ein schrilles Quietschen, glühende Kohlenaugen fixierten Sem, der Höllenhund knurrte und hinter ihm öffnete sich die Wand zu einer übelriechenden Gruft.

Eine massige Gestalt, an der Stofflappen hinunterhingen, löste sich aus dem Dunkel: „Halt die Schnauze, dummer Köter!" Oma richtete den Lichtstrahl auf den Berg. „Herr Eberlein, was macht der Hund hier auf der Matte? Es trifft einen ja der Schlag." „'schuldigung. Er hat sich schlecht benommen, da hab ich ihn rausgeworfen." Herr Eberlein zog das jaulende Tier am Halsband in die Wohnung und schloss die Tür. Martha klapperte mit ihrem Schlüsselbund und Sem war froh, als die Großmutter die Tür zur Stube endlich geöffnet hatte. Sie sauste ins Schlafzimmer, zog erst nur den Pullover über den Kopf und schlüpfte schnell ins Nachthemd, damit die Kühle des Zimmers nicht zu lange auf ihrer nackten Haut herumkroch. Als Martha hereinkam, hatte Sem auch Hose und Socken von sich geschmissen und war unter dem Bettenberg kaum noch zu sehen. Bei Martha dauerte es etwas länger. Kleid, Unterrock, Unterhemd, Sem verfolgte gespannt die Umkleideaktion. Das Korsett zog Oma natürlich erst aus, wenn sie das Nachthemd schon übergestülpt hatte. Jetzt schlug sie das Plumeau zurück und plumpste mit einem zufriedenen Schnaufen ins Bett. Sie wurschtelte noch auf dem Nachttisch herum, stapelte die Kopfkissen übereinander und ließ sich erleichtert in den Federturm sinken. „Da sind wir ja gut ins neue Jahr gekommen, was?" „Mmh." Sem war auch zufrieden, vor allem, weil sie so lange aufbleiben durfte. „Der Eberlein hätte wenigsten einen guten Rutsch wünschen können, aber hab ich ja auch nicht." Plötzlich saß Sem senkrecht im Bett." „Was ist denn nun noch?" Martha hatte gerade den Arm zur Nachttischlampe ausgestreckt. „Ich wollte Rolf doch sagen, dass er noch in mein Poesiealbum schreiben muss. Er steht gleich auf der ersten Seite." „Na, das hat ja wohl bis morgen Zeit. Jetzt schlaf mal schön." Martha knipste das Licht aus. „Gute Nacht, Schatz." „Gute Nacht, Oma."

Direkt nach dem Frühstücksmittagessen machten sie sich auf die Heimfahrt. Sem kniete auf der Rückbank und winkte durchs Heckfenster bis Oma und Rolf nicht mehr zu sehen waren. Papa hupte noch einmal, als das Auto um die Kurve bog. Nun setzte Sem sich ordentlich hin und drückte die Umhängetasche mit ‚Fury' und dem Poesiealbum an sich. Zufrieden starrte sie aus dem Fenster. Die gläserne Luft machte alle Farben viel genauer. Der Himmel war so blau und das Autopolster so rot, dass Sem Schluckbeschwerden bekam. Sie überlegte, ob sie einen Blick ins Album werfen sollte. Nein, das wollte sie für zu Hause aufbewahren. „Du hast ja ganz schön mit Isolde geflirtet." Ursulas Stimme drang in Sems Denken. „Was du dir einbildest. Wir haben uns gut unterhalten, und wenn man dann einen Schluck getrunken hat. Darf man das nicht, am Silvesterabend?" „Natürlich darf man das. Aber man darf sich auch mit seiner Frau unterhalten." „Darf Tante Marlene dann auch Rolf umarmen?" fragte Sem von hinten. „Die ist doch schon so alt." „Also Sem!" Ursula war überrascht. Was kriegen Kinder eigentlich mit? „Erstens ist Tante Marlene erst einunddreißig, genau wie ich, und zweitens gehen dich solche Dinge noch gar nichts an." „Sem ist schon zehn." Walter trat aufs Bremspedal, so dass Sem leicht nach vorne flog. „Sonntagsfahrer! Sie ist kein Baby mehr. Aber dir hat man ja auch nie was erklärt." Das war die Höhe. Schon wieder eine von diesen Anspielungen. Was wollte er eigentlich? Sollte er doch geradeheraus sagen, was ihn störte. Ursula suchte krampfhaft nach einer Entgegnung, dann fiel ihr Sem ein und sie schwieg lieber. Jetzt sagt sie wieder nichts. Immer dieses demonstrative Schweigen. Es kotzt mich an. Dass Ursula sich so selten anfassen lässt, daran ist doch nur diese prüde Erziehung Schuld. Wahrscheinlich kann sie gar nichts dafür, aber das nützt mir wenig. Und dann auch noch eifersüchtig.

Sem schaute hinaus ins Land der Schneekönigin. Das war das Störende an der Glasluft: alles war sauber und klar, aber dafür kalt, als müsste man sich überall stoßen. Die nackten Äste der Bäume würden abbrechen, die graue Straße beim Sturz die Lippe platzen lassen. Sem war froh, als sie in die vertraute Sackgasse einbogen. Im Wohnzimmer stand noch der Tannenbaum, und die

Geschenke lagen auch noch herum. Glücklich über die angehaltene Zeit lief Sem in ihr Zimmer und kramte das Poesiealbum aus der Tasche. Sie schlug es auf. „Ohne Moos nichts los!" Sem las es ein zweites und drittes Mal. Sie verstand den Spruch nicht. „Mama! Was heißt Moos?" rief sie. Ursula kam herein. „Was meinst du damit? Du weißt doch was Moos ist." „Hier in dem Spruch." Sem hielt ihrer Mutter das Buch hin. Ursula las. „Ach so", lachte sie, „Moos ist ein anderes Wort für Geld." Sie verließ das Kinderzimmer. „Ohne Geld nichts los!" Sem spürte Kälte an ihren Haarwurzeln. Dafür hatte sie Rolf ganz vorne hineinschreiben lassen. Er war ja noch schlimmer als die anderen. Die bemühten sich wenigstens zu solchen Gelegenheiten um Worte, die man anfassen, manchmal essen konnte, auch wenn sie im Alltag ihre eigenen Ratschläge wenig befolgten. Aber er, er schrieb Scheiße in ein besonderes Buch. Er war der Schlimmste. Sem schleuderte das Album gegen die Wand, ließ sich auf ihren Stuhl fallen und spürte wie Glasluft gegen ihre Wangen stieß.

10

Und die erste Kluft ward aufgetan als die Mutter ihre Hand wegschob vom warmen Arm und das Oberbett schwarze warme Höhle bilden musste und es fiel ihm schwer so trocken und kühl und nach Waschpulver riechend. Wie man sich so allein fühlt, dachte sie neben der Mutter, man könnte ebenso gut auf Steppengras liegen ohne Baum und Tier über sich nur den großen schwarzen Himmel mit den kleinen Glitzerpunkten. Warum bestand sie auf ihrem Recht abwechselnd mit dem Bruder in dem großen Bett neben der Mutter?

Sie strömt den gleichen Duft aus wie ihr Vater. Sie ist wie ihr Vater. Wo soll das hinführen? Dieser Mann, was er sich denkt, kommt und geht wie es ihm passt. Arbeitarbeitarbeit... Wechselt kein Wort mit mir, das wichtig ist für mich, aber im Bett soll ich parat liegen. Und jetzt noch das Kind. Ihr Bruder begnügt sich damit hier zu liegen, was will sie denn noch mehr? Ich will schlafen, ich will meine Ruhe.

Jetzt stellt sie sich schlafend, ich weiß dass sie nicht schläft, da atmet man ganz anders.

Dunkelbraune Flecken auf hellbraun. Wie ein kleines Tier lag der Pelzbesatz vorne auf dem Lederschuh. „Die passen nicht mehr Sem, die müssen wir wegstellen." Ursula griff nach den Schuhen, aber Sem hielt. sie fest. „Nun lass doch. Sem!" Sem fing an zu schreien. Völlig überrascht betrachtete Ursula das weit auseinandergezogene Oval des Kindermundes, das vom Gesicht nur noch die Augen übrigließ. „Na, dann behalt sie ruhig." Sem klemmte die Schuhe unter den Arm und verschwand in der Ecke hinter der Sofalehne. Wenn das bloß mit den Nachbarn klappt, wo Sem jetzt schon so unberechenbar ist. Ursula ging ins Schlafzimmer, nahm den engen, blauen Rock und das türkise Twinset aus dem Schrank. Sie hörte den Schlüssel im Korridor klappern. „Bist du noch nicht fertig?" Walter stand im Türrahmen. „Einen Moment noch." Am dreigeteilten Kommodenspiegel zog Ursula die Lippen nach, sie rieb sie gegeneinander, damit sich das Rot gleichmäßig verteilte. „Ist Sem schon drüben?" „Drüben? Wieso?" „Bei Schuhmachers." „Ach was, sie spielt nebenan." Walter guckte im Wohnzimmer herum, bis er Sem in der Ecke hinter dem Sofa fand. Da lag das Kind auf den Knien, als wäre es im Gebet eingeschlafen. Die Arme schlossen sich um ein paar Schuhe, auf die das Gesicht gepresst war. „Sie schläft." „Weck sie." Walter hob Sem hoch und versuchte, sie auf die Beine zu stellen, aber die gekrümmte Haltung löste sich nicht. Er setzte sich mit ihr aufs Sofa. Ein roter Streifen zog sich über ihre Wange. „Sem, aufwachen." Ursula beugte sich über ihre Tochter. Als Walter sie aufrecht setzte, öffneten sich langsam die Augen. „Du gehst jetzt zu Schuhmachers, Schatz, Mama und Papa haben Kegeln, das weißt du doch." Ursula stellte Sem auf den Boden und zupfte ihr Kleidchen und Strickjacke zurecht. Papa war auch da. „Hol mal das Netz vom Küchentisch, da ist der Schlafanzug drin und was sie sonst noch braucht." Die Eltern nahmen Sem zwischen sich, deren Arme lang wurden. Der Hausflur war düster. Papa ließ eine Hand los. Er klingelte. Eine Tür ging auf und ein hoher Schatten beugte sich herunter. „Da bist du ja." Er wurde wieder gerade. Flüsterstimmen hoch über ihrem Kopf. Mama drückte ihr einen Kuss auf die Wange und rieb dann mit der Hand darauf herum. Sem wurde in die Wohnung gezogen.

Sem hatte einen grünlackierten Roller mit breitem Trittbrett. Es war mit schwarzem Gummi belegt, daran erinnere ich mich genau, denn während sie mit einem Fuß kräftig gegen den Boden trat, schaute sie immer und viel zu lange auf dieses schwarze Gummi mit den. glänzenden Rillen und einem Geruch, der sie verführte, die Nase dicht über den Lenker zu senken. Einmal wollte sie dem kleinen Bruder eine Freude machen: sie fasste vorschriftsmäßig die Griffe am Ende der Lenkstange und gebot dem

Bruder umsichtig seine kleinen Hände zwischen die ihren zu legen. Beim Start schon war sie fasziniert von den hellbraunen, zierlichen Lederschuhen auf dem schwarzen Gummibrett. Und auch als sie an Fahrt gewannen, vermochte sie nicht die Augen zu wenden von dem Bild der Schuhe auf schwarzem Grund und Bomm! fuhren sie gegen die Bordsteinkante. Der Roller schlug um und der kleine Bruder lag brüllend auf dem Gehweg, ein spitzes Steinchen hatte sich in die Kuppe eines kleinen Fingers gedrückt.

Später besaß sie ein grauweißes Fahrrad (24"). Sem hatte etwas übrig für Zweiräder. Sie erhöhten die Fluchtgeschwindigkeit und verschafften Bewegung. Auch auf diesem Gefährt erlaubte sie ihrem Bruder die Mitfahrt. Natürlich erst zwei Blocks von zu Hause weg, denn die Mutter billigte solche Unternehmungen nicht. Er war noch gar nicht lange aufgestiegen, als sie einen Ruck verspürte und plötzlich mit Leichtigkeit vorwärts kam. Sie bremste ahnungsvoll und als sie hinter sich blickte, lag ihr Bruder bäuchlings auf dem Gehweg. Erst konnte sie das nicht begreifen, als sie aber den Gepäckträger über dem Rücklicht hängen sah, wurde ihr einiges klar. Gott sei Dank war ihr Bruder schon sechs und leichter zu beruhigen.

Mit dreizehn saß Björn im Rollstuhl und war immer noch nicht nachtragend geworden. Sie wollten zum EKZ und eigentlich hatte

Sem nie Schwierigkeiten gehabt den Rollstuhl vorwärts zu bewegen, obwohl ... die Bordsteinkanten bedeuteten immer ein Hindernis. Hinten am Rollstuhl ragen zwei Stangen raus, auf die tritt man, damit der Stuhl in der Waagerechten bleibt, wenn man hinunter will, und leicht nach hinten kippt, wenn man hinauf will. Irgendwie hatte sie die physikalischen Gesetze wohl nicht ganz überdacht, als ihr die Sprungschanzenidee kann. Jedenfalls nahm sie einen kleinen Anlauf, sprang mit beiden Füßen auf die dafür vorgesehenen Stangen und rief: „Bombenschlag!" Es ging alles sehr schnell: Die Sitzfläche des Rollstuhls senkte sich unvorschriftsmäßig und Björn purzelte auf die Straße. Dort lag er, und Sem wusste, er hatte sich ordentlich gestoßen, denn einer Judorolle war er leider nicht mächtig. Schuldbewusst schaute sie auf ihn hinunter. „Wirklich Bombenschlag", meinte er und versuchte sich aufzurichten.

Ob es klug ist, alles zu erzählen, bevor das Kapitel anfängt? Immerhin gibt es Auskunft über eine Beziehung: Da sind zwei, von denen eine wirr im Kopf ist und der andere schwach auf den Beinen. Verwirrung des einen führt in regelmäßigen Abständen zu Stürzen des anderen. Dass Letzterer sich trotz allem immer wieder in Abhängigkeit von Ersterem begibt, zeugt von Vertrauen, von großem Vertrauen, so groß, dass man Angst davor haben kann, es würde enttäuscht.

Sem hatte Probleme mit ihren Beinen. Sie wollten immer laufen, laufen, laufen. Vor kurzem ging ihr ein Licht auf: in ‚Jurassic Park'. Die auf den Hinterbeinen stehenden Saurier bewegten sich fort, nicht aufzuhalten, federnd. Mit solchen Beinen war sie ausgestattet und Björns Beine knickten unter seinem Körper ein.

Trotzdem vertraute er ihr.

Was sie sich nie verzeiht ist, dass sie ihn so wenig gestreichelt hat. Jeder Körper blüht auf unter einer Hand, die ihn streichelt. Und wenn man so erwachsen ist, dass die Mutter einen nicht mehr streicheln mag, und keinen Partner hat, der das erledigt, dann sollte die Schwester das dürfen. Besser: dann sollte die Schwester dazu verpflichtet sei. Als Kind liegt man unbefangen zusammen im Bett und lässt die nackten Pobacken sich berühren.

(Lesehilfe: Schreibe jedes Kapitel auf Klarsichtfolie. Lege dann eine Folie über die andere. Wenn sie einen Stapel bilden, bekommst du den Gesamteindruck, der jetzt vielleicht fehlt.)

Seit Björns Tod fiebert Sem. Sie sieht seine entzündete Haut, die immer heilte, wenn sie zusammen in Urlaub waren. Rote Flecken, die sich zunächst nur auf Rücken und Brust ausbreiteten, nässende Kopfhaut. Der Brief des Paritätischen Wohlfahrtsverbandes: „Das Zimmer riecht nach Urin...die Körperpflege weist Mängel auf... das scheint Herrn B. nichts auszumachen... nicht zumutbar..." Regelmäßiges Duschen und Einkremen brachte jegliche Symptome zum Verschwinden. Björn genoss es, wenn man ihm den Kopf massierte und mit rauen Waschlappen abrubbelte. Die professionellen Helfer müssen Plastikhandschuhe anziehen und dürfen nur das Notwendigste tätigen. Björn meldete sich nie, aber seine Arme konnte er nur bis zur Tischplatte heben, d.h. vom Schoß aus klammerten sich die Finger an die Tischkante und zogen sich hoch wie Ertrinkende an das rettende Ufer. Björn meldete sich nie. Hätte ihn jemand sanft gewaschen und gesalbt und in den Armen gewiegt, wäre es nie so weit gekommen. Er wurde gedemütigt von inkompetenter Seite. Ohne aufzumucken nahm er das Urteil an.

Björn hätte ihr nicht vertrauen sollen.

Saving a Baby

Ganz viele Fahrräder. 16" mit bunten Perlen an den Speichen und orangen Fahnen am Gepäckträger. 24er, chromrot. Eine Kinderkarawane auf dem Weg zum Strand. Die Räder werden an den Dünen abgelegt. Manche platschen nur mit den Füßen im Wasser, andere schwimmen raus. Sem reißt den Mund auf, zerrt am Ausschnitt ihres T-Shirts: Vom Meer aus nähert sich eine vierstöckige Wasserwand: sie schiebt die Schwimmenden vor sich her, kippt lautlos über und verschlingt auch die Strandläufer. ?Wieviele von den Körpern sind zu retten? Wiederzubeleben? Sem fliegt hinunter und ahnt schon die nächste Woge. Aber es bleibt still. Schaukelnde Köpfe auf flachen Wellenspitzen. Sem steht bis zum Bauch im Wasser, greift nach treibenden Kästchen. Eines aus Holz mit Milchzähnen und Schnürsenkeln nimmt sie an sich, die Messingdose mit Schmuckstücken wirft sie zurück. Der Sand an der Felswand ist kühl und fest, die Füße hinterlassen keine Spuren. Sem fühlt einen Spalt im Gestein, sie schiebt sich hindurch und tritt in eine helle Kammer mit verputzten Wänden. Auf dem Boden liegt ein Baby [weiß, durchsichtig]. Sie nimmt es auf, hält es an sich gedrückt im linken Arm, saugt den Kinderduft ein und reibt die Nase an der Blumenhaut. Sie eilt zum Strandhaus, das etwas weiter oben in den Fels geschlagen ist. Ein gurgelndes Geräusch lässt sie den Kopf wenden und sie erblickt ein rotierendes Wasserloch, das dem Ufer zustrebt. Sie drückt das Baby fester an sich, betritt das Felshaus durch die dem Meer zugewandte Tür. Sie erklimmt die in den Stein geschlagenen Stufen und steht im Essraum, wo schon rote Platzdeckchen und Kerzen den Tisch schmücken. /Hier sind wir sicher./ Sem schüttelt den Kopf und eilt an den erstaunten Bewohnern vorbei hinauf zum Ausgang, der auf die Klippe führt. Dort bleibt sie stehen, schaut hinab auf das gurgelnde Ungeheuer, das sich aus dem Wasser hebt und nach dem Kind schnappt. Die Konturen des weißen Kinderkörpers verschwimmen, aber Sem lässt nicht los. Es gibt keine Zeit mehr, nur geräuschlose Wassermassen, die an ihr zerren und das Kind schlucken wollen.

11

Was mich aufregt ist die Ordnung. Was mich aufregt ist immer Ordnung. Was mich aufregt: Ordnung. Wenn ich Daumen und Zeigefinger ablecke, um den Faden stark zu machen für das Nadelöhr, so rechtfertigt das nicht die Vorstellung einer quadratischen weißen Holztür mit Längsrillen, die umschlägt wie ein Garagentor und das fünfmal hintereinander mit dem Krachen von Salutschüssen. Einen Blick kann ich noch erhaschen, blasse Wände und Teppiche, elfenbeinfarbigen Bettüberwurf, dessen Fransen aufgerichtet und am Kopfende zweimal Haar, auf jeden Fall von Frauen. Gerade als der blaue Faden seinen Weg gefunden hat, fällt mir ein: ein solcher Raum farblos von Sonne und ich dachte, ich bin fehl am Platze. Und dann die Empörung der Frauen. Sie trafen sich in der Kneipe, gerade als ich... die Zeit drängte und ich musste gehen. Gerade als das Lesbentreffen begann, wie unangenehm, sie dachten, ich hätte etwas gegen sie.

Wie gut: ich bin ich und er ist er. Aneinanderliegen, dass die Trennhaut gegen null geht. Tauchen ohne die Notwendigkeit von Sauerstoffgeräten. ?Was suchen Feministinnen auf diesem Grund? Ihre Perlchen schwimmen heran und sammeln sich in den Rillen meiner Ohrmuschel: /... vernünftige Frauen, die Männerherrschaft beseitigen und sexuellen Übergriffen einen Riegel vorschieben wollen./ [Frauen haben das Recht leicht bekleidet spazieren zu gehen. Männer haben das Recht Stielaugen zu bekommen. Mehr nicht. Mehr auf keinen Fall. !Ihr seid keine Hengste. Ihr habt Moral und Anstand! Man lässt euch in den Ausschnitt schauen. Man lässt euch unter den Rock kucken. Aber: !Ihr seid keine Hengste. Ihr habt Moral und Anstand! Darauf verlassen wir uns. Wir verlassen uns darauf: ihr habt eine Beziehung. Ihr habt eine gute Beziehung. Ihr habt eine sexuell erquickende Beziehung. Wir sind Single und erproben unsere Wirkung. Wir haben uns unserem Mann verweigert und erproben unsere Wirkung. Wir haben dem Arschloch von Mann den Rücken gekehrt und erproben unsere Wirkung. Wir brauchen gar keinen Mann und erproben unsere Wirkung. !Ihr haltet das aus. Ihr wisst, worauf wir uns verlassen!] DIESE MEDAILLE IST KEINE MEDAILLE SONDERN DAS AUGE EINER FLIEGE

Ringe...Ränder...Ringe und Ränder und zarte Seiten. !UNTERSUCHEN! Anfassen, reiben, Finger hineinstecken. [Die Infrarotaufnahme der Energievergeudungskontrolleure zeigt: ein kaminrotes Feld mit ständig wechselnden Konturen]. Heftige Bewegung [Pendeln einer Haarsträhne vor meinem Auge, gebremste akustische Signale] verwandelt trockenzarten Velours in Gleit-zone. Probeweise zupfen, nagen... Atemlosigkeit ausnutzen => mich über ihn stülpen !dass er blind wird! dass er augenlos im rotdunklen Raum kämpft zwischen pochenden Wänden ... => hautlos in mir liegen bleibt.

12

Ich bin allein im Haus. Es gehört mir nicht, es gehört Wolf. Der kleine Mann mit den eisgrauen Augen und ebensolchem Haar lebt nicht mehr. Er ist fort. In den unteren Räumen halte ich mich gerne auf: Blaue Schleier !aber oben!: muffige Kammern, in denen man über verstaubte Möbel klettern muss. Was am hässlichsten ist: dort liegt ein schwarzer Aktenkoffer. Immer wieder steht Wolfs Auto in der Straße, weil er den Koffer holt. Komme ich vom Einkaufen, steht der Wagen dort. Schaue ich aus dem Fenster sehe ich ihn, manchmal direkt vor dem Haus, manchmal am Ende der Straße. Oft laufe ich voll Zuversicht durch die hellen Zimmer, aber dann fällt mir der Koffer ein. Erschrocken bleibe ich stehen, meine Lunge ein Runzelsäckchen. !Sasa! !Marc! Die Kinder sitzen ungerührt im Gras: ich kann meine Stimme nicht finden. Mit der Hand am Hals haste ich die Treppe hinauf, halte im Halbdunkel Ausschau nach dem rechteckigen schwarzen Leder. Alle Hoffnung ist hin, als ich es auf dem alten Esstisch erkenne. Langsam gehe ich durch die Diele zum Fenster. Im schmalen Lichtstreifen, den der Fensterladen hineinlässt, tanzen Staubpartikel. Ich lege mein Auge vor den Spalt und sehe unten das Auto.

„Nutze den Tag!" Er stützte die Handteller auf die rechteckigen Holzlehnen des Sessels, drückte die Arme durch und stürzte erwartungsgemäß auf den braunmelierten Teppichboden. Sie hatte am Esstisch gesessen und ihn schon eine Weile beobachtet. Diesmal war er nicht ins Glas gestürzt und auch nicht auf die Tischkante, die Fahrt ins Krankenhaus blieb ihr heute erspart. Ihre Hände lagen im Schoß und sie überlegte, ob sie aufstehen sollte. Das Leben wäre befriedigender, wenn man dem, was man gerade tut die größte Wichtigkeit beimessen würde, hatte eine Bekannte gesagt. Ich sitze hier und kann es nicht wichtig finden. Sie schaute hinüber zu ihrem Mann, der es nicht wichtig finden konnte, dass er dort lag. Sie spürte, dass ihr Mitleid sich dem Ende neigte. Er erinnerte sie nicht mehr an einen Menschen. Sie stand auf, obwohl es ihr auch nicht sinnvoller vorkam als sitzenzubleiben. Sie näherte sich ihm vorsichtig, wie einem verletzten Tier, von dem man befürchtet es könnte doch plötzlich aufspringen. Sie hockte sich neben ihn und legte leise eine Hand auf seine Schulter. „Lass uns schlafen gehen", flüsterte sie. Er rührte sich nicht. Sie betrachtete ihn noch einmal genauer und er verlor die Konturen des sterbenden Tieres. Die Behaarung verblasste, die angezogenen Beine, das glatte, weiße Gesicht, je länger sie starrte desto mehr gewann er das Aussehen eines Engerlings. War er schon tot oder noch gar nicht geboren? Sie fiel in sich hinein, war umgeben von dunkler, atmender Wand, hörte über sich das Pochen ihres Herzens und verharrte zusammengezogen bis sie hochgespült wurde von einem Schwall salzigen Wassers. Es schoss aus ihren Augen, floss über Wangen, Nase und Mund und tropfte auf sein Hemd. Der kreisrunde Fleck auf dem Streifenmuster wurde größer und größer, sie saß bewegungslos. Als das Weinen aufhörte brannten ihre Augen und die Beine waren eingeschlafen. Mühsam erhob sie sich, öffnete die knarrende Wohnzimmertür und tastete sich die Treppe hinauf. Die dunkelgrauen, zusammengeboxten Wolkenberge türmten sich und fielen dann in beängstigender Geschwindigkeit über den ganzen Himmel. Der Wind, der sie auseinanderwarf prallte gegen das Hausdach und legte die Pappelkrone waagerecht. Und wenn jetzt etwas Grauenhaftes geschieht ist es kitschig. Sie stand auf dem Balkon, genoss das Flattern und Zerren ihrer Kleidung und wartete.

Nach diesem Streit müsste sich doch etwas bewegen. Sie stützte die Hände auf das eiserne Gelände, umschloss das Rohr und presste es mit aller Kraft. Sie blickte in das dunkle Rechteck des Gartens und wusste, dass sie niemals hinunterspringen würde. Sie hatte keine Lust. Es machte sie verrückt, krank, wahnsinnig, dass er niemals kam. Dass er trotz der Auseinandersetzungen sitzen blieb auf seinem Sofa, weiter Glas um Glas leerte, als gäbe es nichts Wichtigeres in der Welt. Dass er einschlief, während sie an Wut und Hilflosigkeit fast erstickte, während sie sich Hoffnung machte und zugleich verspottete wegen dieser Hoffnung, während sie sich betrank um in endloses Weinen zu stürzen. Sie starrte in den wilden Himmel. „Ich bin so müde, Gott." Und sie fragte sich, wieso sie mit Gott sprach, den sie nie verstanden hat. Wie oft hatte sie ihn in ihrer Kindheit angerufen und wie oft hatte die Erfüllung der merkwürdigsten Anliegen ihr seine Existenz bewiesen. „Bitte gib mir ein Zeichen." Sie ließ das Geländer los und ging rückwärts bis sie über die Türkante in das Zimmer stolperte.

13

Die Stadt kenn ich. Bin ich schon oft durchgelaufen. Dass sie die alten Fassaden abräumen gefällt mir nicht. Weißt du, jetzt nehmen sie so riesige ?Beton? Platten, ich meine es sieht vornehmer aus, aber in Baumaterialien kenne ich mich nicht aus. Vorher habe ich Ecken gesehen, das war die und die Bank, der Laden, eben die Straßenecke, jetzt ist alles glatt. Städtelifting, gibt's das schon? ich meine, wenn sie die Leute so gleich glatt herstellen, wollen sie das vielleicht auch so für die Städte? Ist ja möglicherweise modern, ich bin nicht immer unterrichtet. Ist auch unwichtig. War eigentlich gar nicht, was ich sagen wollte. Ich meine, es geht um die Stadt, die ich kenne, nicht das Stück Ostwall, das sie gerade weg retuschieren. Also oft fuhr ich den Berg rauf, meistens grübelnd, ob es nicht doch eine Einbahnstraße in Gegenrichtung war. Ich fuhr also hoch, manchmal ging ich auch, und oben stellte sich dann heraus, dass ich nicht wusste, was ich da eigentlich wollte. Ich suchte einen bestimmten Weg, aber das war irgendwie die falsche Gegend. So fuhr ich dann auf der anderen Seite abwärts, jede Querstraße ins Auge fassend (manchmal lief ich auch, da geriet ich dann schneller ins Schwitzen). Ob mit oder ohne Auto machte ich manchmal an einer Busstation Halt: kaufte mir Lakritzen, eine Zeitung zum Wichtigaussehen, schaute mir die Leute an. Wenn sie mir sympathisch waren, benutzte ich denselben Bus wie sie. Im Bus war es weniger anstrengend. Aus dem Fenster schauen ist wie Kino. Man lutscht Lakritzen und sieht, was für einen selber wichtig ist. Ärgerlich ist nur, der Bus fährt nicht immer, wo ich will. Gerade an der Weiche (ich weiß, dass ich nicht im Zug sitze, ist aber keine Kreuzung, sondern eine Gabelung, und außerdem laufen auf ihr noch Straßenbahnschienen) also an der letzten Weiche, wäre ich lieber links gefahren, statt geradeaus. Da schmeckt einem der Lakritz nicht mehr, echt. Jetzt muss ich aussteigen, so ein Mist, und dann noch das ganze Stück zurück. Auf jeden Fall komm ich mir jetzt wieder richtig vor, das ist wesentlich, alles andere: schmeiß es über die Schulter. Ich folge also meinem vorgeschriebenen Weg. Diesmal ist er schön. Die Straße macht einen gekonnten Bogen mitten zwischen vertrauenerweckende Wohnhäuser und kuschelige Laubbäume. Ich laufe auf den ersten zu, umarme ihn und rieche sofort, dass er mein Freund ist. Hier muss es also irgendwo sein? Ich gehe weiter, stehe aber plötzlich wieder in dieser baumlosen Gegend. Parkplatz, Disco, Pommesbude. Sagte ich doch, dass ich die Stadt kenne, da vorn ist die Imbissstube von Tante Irene. Wollt' ich aber doch gar nicht hin. Also ein Schritt zurück und ich stehe wieder zwischen den Bäumen.

„Ich gehe nicht mit." Tut mir ja leid liebe Tante, aber ich fühle mich heute so hässlich, dass ich nicht unter Leute will. Ich dachte sie wären längst unterwegs zum Friedhof, sonst hätte ich noch was gewartet an der Schule. „Aber jetzt, wo du doch früher Schluss hast!" Onkel Heinz versucht einen Vorwurf in seinen Blick zu legen. Ausgerechnet. „Ich kann Beerdigungen aber nicht ertragen." „Lass sie doch, sie nimmt alles so schwer." Na so was, die liebe Mama springt mir bei. Vermutlich, weil es ihr unangenehm ist, dass die Verwandten mich in meinem gewöhnlichen Aufzug erleben. Sie ist froh wenn ich aus ihrem Blickfeld schwinde. Der Onkel sagt nichts mehr und steigt in das blanke Auto, in dem schon Oma sitzt und endlich los will. „Bis dann also." Mama kuckt, als könnte sie mich im Augenblick besonders wenig leiden. Ich schiebe mein Fahrrad neben die Haustür. Endlich Ruhe. In der Wohnung ein Geruch als wäre tatsächlich jemand gestorben. Wie gut die Wandmalerei über meinem Bett zum Tage passt. Wie war ich nur darauf gekommen? Ein anthrazitfarbener Sarg in einem Spinnennetz, aus einem schwarzen Spalt tropft rote Farbe. Vater wäre beinahe in Ohnmacht gefallen. Nach der Besichtigung des Bildes war ich für ihn auch unten durch.

Er mag nur schöne Dinge. Als ich einmal zur Belustigung meines Bruders Marionette spielte und Spastiker, brüllte er mich an „So etwas tut man nicht!". Ich wunderte mich, mein Bruder fand es komisch. Ich liege auf meinem Bett und starre an die Decke und sehe Tante Irene, als sie wirklich noch lebte, in dem Haus im Ruhrpott, wo es so eigentümlich roch, so wie es überall riecht, wo Kohle abgebaut wird. Vor der Haustür eine alte Mauer mit hohen Säulen, auf die man gut klettern konnte, weil der Mörtel zwischen den Steinen fehlte. Ein Minigarten mit Zwinger, in dem Hasso wohnte, dem sogar ich traute, wo ich doch sonst Angst vor deutschen Schäferhunden hab. Tante Irene wollte immer, dass ich sie besuchen kam, obwohl sie gar nichts mit mir anzufangen wusste. Meist machte ich stundenlange Spaziergänge mit Onkel Heinz und Hasso an den Bahngleisen entlang, die bündelweise direkt hinter dem Garten lagen. Wenn wir zurückkamen, gab es immer belegte Brote und Bier, für Onkel Heinz ein Export und für mich ein Dunkles. Danach durfte ich noch Bilder von ihrem Sohn bewundern, die ihn als Bundeswehrsoldaten zeigten. Er sah eindrucksvoll aus, aber nicht belebt, sein Gesicht war klar wie eine Gipsmaske. Wenn ich schlafen ging, war Tante Irene froh, dass sie es geschafft hatte. Meine Besuche dauerten immer nur ein, zwei Tage, dann holte mich Oma Martha ab, bei der ich eigentlich in Ferien. war. Irene war ihre jüngste Schwester, und Oma sagte immer wieder, dass sie ihr die liebste von allen Geschwistern war. Ich kann dazu nichts sagen, mir war als wollte Tante Irene Oma nur beweisen, dass ich bei ihr mindestens so gerne war, wie bei der älteren Schwester. Immerhin lief ich gerne zwischen den Gleisen herum mit Hasso und Onkel Heinz und Tante Irene gehörte dazu. Als sie dann später umzogen in unsere Stadt am Niederrhein, wo sie eine Imbissstube betrieben, waren sie ganz schön schnell am Arsch. Hasso biss sein eigenes Frauchen und musste eingeschläfert werden, Onkel Heinz verliebte sich in eine Angestellte und Tante Irene bekam Herzbeschwerden. Jetzt war der Onkel ein halbes Jahr ausgezogen und Tante Irene ist gestorben. Und nun will er, dass ich mit zu Beerdigung gehe. Nein, da denke ich lieber an sie, wie sie lebte dahinten im Ruhrpott, statt mit den andern Kaffee zu trinken. Abgesehen davon fühle ich mich heute nicht nach Menschen, dass ich Beerdigungen nicht ertragen kann, ist eine angemessene Ausrede, obwohl, natürlich wäre besser gewesen, wenn ich noch Schule gehabt hätte.

14

/Du sollst deinen Lehrer lieben und ehren, sonst bist du ein Hund./ (chinesische Weisheit von Hanns Eisler) ?Wurde Herr Lehmann wirklich von seinen Schülern in den Klassenschrank gesperrt? Sem lehnt sich zurück, lutscht am Füllfederhalter und betrachtet den Rücken des Mathelehrers [reinpassen tät er, der die Kreide quietschend über die Tafel führt]. /!Du solltest lieber mitschreiben!/ Pirouetten sind seine Spezialität: mit raschem Blick überprüft er die Schülerköpfe, um dann eilig weiterzuschreiben. Ist die Tafel voll, wischt er alles sofort wieder aus. /!HA! ?Was haben wir denn da?/ Mit weit ausholenden Schritten [soweit man das bei kurzen Beinen sagen kann] nähert er sich Daggis Platz. Er greift unter ihre Bank und zieht ein Mickey Maus Heft hervor./!Nun schaut mal!/ Dagmar streckt sich. /?Ist deinem Vater bekannt, dass du so etwas liest?! Daggi ist das egal und jeder weiß es. Sem starrt in die Luft. Sie kennt Bob Dylan und hat kein Gefühl im Bauch. Die Mitschülerinnen flippen aus bei dem Anblick seines Fotos. Sem versucht einen Zipfel der Begeisterung zu erwischen: Vergeblich. Sie kennt ihn nicht. Sie kann nur so tun als ob sie ihn kennt. /!Au!/ Sem sieht Andrea, die ihr die Schalen einer Apfelsine hinhält. Andrea rempelt schon wieder. Ihre dunklen Pupillen stehen beängstigend tief in den linken Augenwinkeln, zweimal schwenken sie kurz nach rechts um dann wieder auf das geöffnete Fenster zu schielen. Sem nimmt die Schalen in die rechte Hand, mit der linken schleudert sie ein Stück nach dem anderen hinaus. /?Was machst du da?/ Sem versteinert. /Komm her./ Sem klappt mühsam die verklemmten Glieder auseinander. /!Ich sehe alles, ich sagte es bereits! Du gehst jetzt runter und sammelst den Dreck wieder ein!/ Sem schließt die Tür hinter sich => es knackt laut. Das Schulgebäude liegt still: der Lichthof, auf dem nur Primaner wandeln dürfen, die Treppen, die nirgendwo hinführen, die Pausenhalle. Sem geht langsam. Die Schule ist Freund und Feind: Man kann irgendwo hingehen, wo alles vertraut ist, aber es werden Forderungen gestellt, die man nicht versteht. Sie sieht das weiße Papier, auf das die Holzhand kein einziges blaues Wort bringt, die Klassenzimmertüren, die sie vergeblich öffnet, denn es ist jedes Mal die Falsche ... hinter dem Altbau erkennt sie die hohen Silberpappeln, die im letzten Herbst gefällt wurden. Von weitem leuchten die Schalenteile.

Sorgfältig sammelt sie den Abfall auf. Als sie ins Klassenzimmer tritt, blicken die Mitschülerinnen ihr gespannt entgegen [natürlich, sie sind happy für jede Unterbrechung]. /!Schmeiß das Zeug in den

Müll!/ Sem gehorcht. Herr Lehmann blickt sinnend auf den Papierkorb. /Ach nein, nimm die Schalen noch einmal heraus./ Sem beugt sich über den Mülleimer und sucht zwischen Papiertaschentüchern und Spitzresten die Apfelsinenhülle. /So, nun gehst du damit zur Direktorin und erzählst ihr, was du getan hast. /Sem steht erneut im stillen Flur. Der Platz zwischen den Schläfen wird eng. Sie klopft an die Tür der Schulleiterin. Einmal. Zweimal. Niemand öffnet. Das Scheppern der Schulklingel beendet ihre Kopfschmerzen: sie kehrt zurück in den Klassenraum. /Es war niemand dort./ Herr Lehmann bewegt gleichgültig die Schultern.

Alle waren aufgekratzt. Es war genau wie bei den Klassenfahrten im Gymnasium. Begeisterung über das gute Wetter, Aufregung, weil man was vergessen hat und das übliche Wer-sitzt-neben-wem im Reisebus. Es war aber doch nicht wie bei den Klassenfahrten. „Was glotzt du denn so? Noch nie Krüppel auf Reisen gesehen, was?" Sem wusste, dass ihr Gesichtsausdruck genau der falsche war. „Na krieg mal nich' gleich Zustände, kannst meinen Koffer in die Luke schmeißen." Der Junge deutete mit einer seiner Krücken. auf den Kofferraum des mittleren, blauen Busses. Mechanisch nahm Sem den karierten Stoffkoffer auf und brachte ihn nach vorne zu dem Busfahrer, der bemüht war die zahlreichen Gepäck-stücke günstig zu stauen. Was nun weiter? Sie entschied sich erst mal zum Haus zu gehen und sich irgendwo zu melden. „Hey, gehst du schon wieder?" Das war der Langhaarige von eben. „Nö", Sem bemühte sich möglichst locker zu klingen, „komm gleich wieder." Das T-Shirt wurde schon feucht unter ihren Armen, dabei hatte sie noch nichts, aber auch gar nichts Besonderes geleistet. Ich hab mich überschätzt. Am besten gleich wieder abhauen. Trotzdem trat sie durch die gläserne Schwingtür des langgestreckten Baus direkt am Parkplatz. Gott sei Dank, eine Pförtnerloge. Sie beugte sich zum ovalen Sprechloch. „Guten Tag." Der Mann in der Kabine blickte von einer Liste auf, ohne den Bleistift von dem Punkt zu bewegen, an dem er gerade stehengeblieben war. „Und?" „Ich ge-höre zu den Aushilfsreisebegleitern. Was muss ich jetzt machen?" „Geht mich nix an. Da unten muss so 'n Typ rumlaufen, Jeans, glänzend blaues Hemd, dicker Bauch, der macht dat alles." Der freundliche Pförtner senkte den Kopf und strich weiter mit dem Bleistift über die Liste. Sem trat enttäuscht zurück. Sie schaute durch die Glastür, na so was, ein dicker Mann in hellblauem Glanz-hemd löste sich aus dem Menschenknubbel und kam aufs Haus zu. Sem stieß erleichtert die Tür auf und schritt eilig den Weg zu den Bussen wieder hinunter. Auf halber Strecke erreichte sie den

Mann. „Entschuldigung, ich bin eine von den freiwilligen Helferinnen. Ich weiß nicht wie ich mich jetzt weiter zu verhalten habe." „Bisschen spät dran was? Aber egal. Du gehörst in den roten Bus. Lass dein Zeug gleich einpacken und melde dich bei einer der beiden Pflegerinnen, die sagen dir schon, was zu tun ist." Der hellblaue Typ ging weiter. Mein Gott, auf was hab ich mich nur eingelassen. Ferien. Ich könnte jetzt auf der Wiese liegen und Cassetten hören. Aber ich musste ja wieder was schaffen, irgendwas Sinnvolles ha, ha, ha. Etwas beeinträchtigt in ihrer eifrigen Unternehmungslust näherte sie sich dem roten Bus. „Hallo, hier bin ich", grölte es, und über den Köpfen am blauen Bus schwankte bedrohlich eine Metallkrücke. „Tut mir leid", rief Sem zurück, „ich muss in den roten Bus." Die Krücke wurde eingezogen. Sem nahm den Rucksack vom Rücken und stellte ihn neben die restlichen Taschen. Zweifelnd schaute sie auf die erwartungsvollen Gesichter hinter den Fensterscheiben und fragte sich, ob die ganzen Gehhilfen und Krücken wohl alle mit im Bus sind und sie sah sich umgeben von einem Gewirr von Stangen und Streben, das bei jeder Kurve scheppernd über ihr zusammenfallen würde. „Wollen sie hier anwachsen, Frollein, sie sind die letzte." Der Busfahrer schloss das riesige schwarze Rechteck sorgfältig und erhob sich. Langsam ging Sem vor ihm her und kletterte in das Riesenauto und wusste nicht, was sie erwartete.

„Kommst du noch rüber?" Henry lehnte locker an der Hauswand, das rechte Bein über den Handgriff einer Krücke gehängt. Sem überlegte, was das geben sollte. „Ich muss erst schauen, ob die Mädchen noch was brauchen." „Klar doch, ich mein in der Freizeit." „Ich weiß noch nicht. Ich muss jetzt erst mal zu meinem Haus." Henry leckte am Zigarettenpapier und knetete den schmalen Glimmstängel, bis die Form seinen Vorstellungen entsprach, dann steckte er ihn in die Brusttasche seines Hemdes. „Okay", sagte er, „wenn du Lust hast. Haus 7, du weißt ja Bescheid." Sem wusste, dass sie hinübergehen würde. Die Gerüchte, die sich um Haus 7 rankten, versetzten sie in erwartungsvolle Spannung. Dort saßen die Alternativen, die die Bescheid wussten. Henry wollte nach Berlin, wenn er seine Ausbildung beendet hatte. Sie betrat das Haus mit den jüngeren Mädchen, ihnen Hilfe zu leisten war Sems Aufgabe. Karina schob sich aus ihrem Zimmer, kaum dass die Eingangstür zugeklappt war. Sie stand auf ihrem Metallrahmen gestützt, und blickte Sem freudig entgegen. „Spielst du mit Mensch-ärger-dich-nicht?" Sem nickte, obwohl ihr gar nicht nach Brettspiel war. „Aber nur ein zwei Runden." Karina war nicht ganz zufrieden, sie hatte eine Leidenschaft für Marathonspiele, die sich bis in die Nacht hineinzogen. „Na, wenigstens etwas." Sie machte mit großem Geratter kehrt, am Türrahmen blieb das Gestell mit einem Rad hängen und Karina rüttelte unwillig am Halterahmen, als es sich löste, wäre sie um ein Haar ins Zimmer gestürzt. Sem sprang hinzu, aber da stand Karina schon wieder sicher und blickte etwas spöttisch oder war das Einbildung? Am kleinen Tisch unter dem Fenster saß Hannelore, das Spiel war bereits aufgebaut. Karina stützte sich auf Sems Arm, wand sich geschickt aus der Gehhilfe und ließ sich auf den Stuhl mit den Seitenlehnen gleiten. Sie klammerte sich an den Holzlehnen fest und gewann eine ziemlich ruhige Haltung. Ihre schwarzbraunen Augen richteten sich sofort auf das Spielbrett. „Ich nehme Schwarz." Das war sowieso klar. Hannelore lachte. „Ich nehme Rot." Karina blickte erstaunt auf. „Wieso denn, du nimmst doch sonst immer Grün." „Jetzt will ich aber Rot." Hannelore tat eigensinnig und fand lustig, dass es solchen Eindruck auf Karina machte. „Rot, Rot, Rot." quiekte sie und hüpfte dabei soweit es ihr Gleichgewicht zuließ auf dem Stuhl auf und nieder. Sem nahm den Hocker, der am Fußende des Etagenbettes stand, und stellte ihn an die freie Tischseite gegenüber dem Fenster. „Mir ist egal welche Farbe, nur nicht Gelb." Sie setzte sich und schaute nach draußen. Auf den Wegen zwischen den kleineren Holzhäusern und dem Speise und Gemeinschaftshaus war noch einiges los. „Warum geht ihr nicht mehr raus?" „Lieber spielen", antwortete Karina, „nimm schon dein dummes Rot." Der scharfe Ton, in dem diese Aufforderung an Hannelore gerichtet war, überraschte Sem. Hannelore hörte auf zu hüpfen. „Sei doch nicht gleich sauer." Ihr Kopf geriet in heftige Bewegung, wie immer, wenn sie sich erregte, sie hatte alle Mühe, ihn wieder unter Kontrolle zu bekommen. „Wir haben nicht viel Zeit, Sem möchte nicht lange spielen." Karina sprach, als schösse sie jedes Wort von einem kleinen Katapult ab. Sem spürte einen massiven Vorwurf, aber sie wusste nicht, auf was sie ihn beziehen sollte. „Henry hat mich zu einem Besuch in Haus 7 eingeladen."

Sem spürte die übliche Hemmung hinaufziehen: sie kroch von den Knöcheln über die Knie, weiter zu den Hüften über Brust und Hals bis zum Haaransatz und ließ Sem erstarren. So stand sie einige Zeit, in ihr schwappte heiße Flüssigkeit, die vor allem im Nacken brannte. Schließlich hob sie einen Arm und klopfte an die Holztür. Die öffnete sich einen schmalen Spalt, bis Neptuns Kopf gerade hindurch passte. „Hey, bist du tatsächlich gekommen!" Er riss die Tür weit auf und verbeugte sich, dass sein Kopf fast gegen den Boden stieß. Sems Verlegenheit flaute etwas ab und sie trat in den verdunkelten Raum. Die Vorhänge waren zugezogen, die Abendsonne schien als ockergelbes Rechteck mit Balkenkreuz. Auf dem Bett in der Ecke hockte Henry, auf dem Fußboden an die Holzwand gelehnt saßen drei fremde Jugendliche, die Beine lang in den Raum gestreckt. „Setz' dich doch." Neptuns Stimme kam jetzt aus der düsteren Ecke neben der Tür. Neptuns Behinderung war ziemlich unauffällig. Solange Gegenstände in Reichweite waren, an denen er sich abstützen konnte, merkte man gar nichts. Sem wusste nicht recht, was ablief, deshalb setzte sie sich einfach auf den Boden neben die anderen drei. Es rumpelte etwas in Neptuns Ecke, dann ertönte Musik. Die Klänge waren Sem fremd. Viel mit Querflöte auf jeden Fall. Sem überlegte, ob es nicht besser gewesen wäre mit Karina und Hannelore Mensch-ärgere-dich-nicht zu spielen. „Also du heißt Sem", sagte das Mädchen neben ihr, „ich bin Helga, das sind Hanno und Willi." Die Jungen schauten sie bei der Nennung ihrer Namen kurz an, dann guckten sie wieder geradeaus; soweit Sem es im Halbdunkel erkennen konnte, gaben sie sich ganz den Rhythmen der aufgelegten Platte hin. Henry stieß sich vom Bett ab und kam in der seltsam schrägen Haltung, wie sie das Gehen mit einer Krücke verursacht, zu ihnen. „Hier." Er reichte Hanno eine Zigarette. Neptun kroch auf allen Vieren herbei, klappte in Schneiderstellung zusammen und zog ein Streichholzheftchen aus der hinteren Hosentasche. Als er Hanno das brennende Streichholz hinhielt, erkannte Sem an dem gebannten Blick von Helga und Willi, dass es sich um eine besondere Zigarette handeln musste. „Was ist das?" Neptun blies das Streichholz aus. Hanno sog ausgiebig an der Zigarette und reichte sie Willi. „Was denkst du wohl?" Nach Willi inhalierte Helga und hielt Sem das

Stäbchen hin. Sem steckte es zwischen die Lippen und atmete ein. Neptun nahm ihr die Zigarette ab und Sem lehnte sich zurück. Die Musik schob sich in überraschendem Maße in den Vordergrund. Das Dach der Hütte öffnete sich, der farblose Himmel wurde sichtbar, gleißende Orgelpfeifen bildeten eine endlose Allee und schütteten ihre Töne über Sem aus. In einiger Entfernung hörte sie Henry. „Was siehst du?" Sem versuchte das Bild in Worte zu fassen. "Super!" rief Henry. „Hör mir zu. Ich schlage jetzt ein Ei über dir auf!" Sem hörte es knacken, dann lief es kühl über ihren Kopf. Sie wunderte sich noch, wie angenehm flüssige Eier sein können, als Henry sie wieder anrief. „Jetzt ist es Eierschnee!" Der Gelee verwandelte sich in kleine Schaumgummiflöckchen, die von Kopf und Schultern tippsten und auf den Boden sprangen. :Jetzt war es Helgas Stimme, die an ihr Ohr drang, aber tief und auseinandergezogen. „Nimm noch mal." Vor ihren Augen kreiste ein winziger Glutpunkt. Sem fing ihn mit Mühe ein. Wieder fuhr ihr der Qualm heiß in die Brust, aber sie sah jetzt wieder das Zimmer mit dem ockergelben Rechteck. Sie erhob sich mühsam und bewegte sich auf das Fenster zu. Sie merkte wie ihr Körper im Rhythmus der Musik einknickte, immer wieder zwang es sie in regelmäßigen Abständen in die Knie. Irgendjemand musste das Fenster geöffnet haben, denn das gelbe Tuch bewegte sich wellenförmig und die

schwarzen Balken dehnten und verkürzten sich, schoben sich zusammen und wurden wieder glatt und lang. Das Tuch flatterte wil-
der und vergrößerte sich, Sem näherte sich ihm und es streichelte
ihre Arme und versuchte sie ganz zu umfangen. Plötzlich überkam
Sem der unaufhaltsame Drang zu weinen, sie zog sich beschämt
an die Wand zurück, ließ sich auf den Boden rutschen und legte
die Hände vor das Gesicht.

15

Sem ließ sich von den Menschen schieben bis sie in einem der elastischen Klumpen vor den Abfahrtsplänen hängen blieb. Sie verglich die Termine mit dem Zeigerstand der Bahnhofsuhr und entschied sich für einen Eilzug in die nächste große Stadt. Sie wollte in kein Kaff und lange warten musste sie auch nicht. Sie löste die Fahrkarte, die sie den meisten anderen hier ebenbürtig machte. Gleis 2b, bahnsteigtypische Windschlangen züngelten an ihr herum. Sie zog den Reißverschluss des dunkelblauen Anoraks hoch bis zur Nasenspitze und ging ans Ende der Plattform; als sie kehrt machte, trötete der Lautsprecher die Warnung vor dem einfahrenden Zug. Sie bestieg ein Nichtraucherabteil Klasse 2 und suchte einen Platz in Fahrtrichtung. Ihre rechte Wade wurde heiß vom Riffelkörper unter dem Fenster. Pfeifen und Türenschlagen verkündeten die Abfahrt. Sem lehnte sich zurück und war erleichtert, dass sie fortkam. Ihre Hand in der Jackentasche hielt noch immer die kleine, harte Karte umklammert, die ihr erlaubte hier zu sitzen. Sie drehte den Kopf etwas schräg, um einige der vorbeifliegenden Fensterbilder einzufangen. Nicht viel später wurde die Bildfolge langsamer, Räder und Schienen kreischten sich an zum

Halt am ersten Zwischenstopp. Sem starrte auf den Bahnsteig. Eigentlich ist alles gleich. Sie erschrak, als es links gegenüber plumpste. Ein junger Mann nickte ihr freundlich zu und kramte emsig in dem Rucksack, den er neben sich auf den Sitz gestaucht hatte. Er wurstelte eine Tafel Schokolade und ein Taschenbuch aus dem grünen Stoffhaufen. Das Buch legte er behutsam neben sich, die Schokolade zog er aus dem Pappkarton und schälte mit vorfreudigem Gesicht die Folie ab, bis sie wie eine Bananenschale hinunterhing. Gerade wollte er einen herzhaften Biss tun, als er Sems beobachtenden Blick spürte und mitten in der Bewegung innehielt. „Auch 'n Stück?" Sie schaute in seine Augen und versuchte ihn zu erkennen, aber sie sah nur ein ansprechendes Blau und den Wunsch, endlich in die Schokolade beißen zu dürfen. „Nein, Danke", antwortete sie und blickte wieder aus dem Fenster. Schade, dass er so weit entfernt war. Draußen wurde es dunkel und sie störte sich nicht mehr an Fahrt und Stopp, erst am Zielbahnhof erwachte sie. Sie stellte mühsam die Beine auf und verließ mit einem Blick auf den lesenden jungen Mann das Abteil.

Sie war zum ersten Mal in dieser Stadt. Die hohe Wölbung der Halle vermittelte ihr ein Käfergefühl, und sie flüchtete in eines der Treppenlöcher, die in den warmen Bauch des großen Bahnhofs führten. Die sich bewegende, brabbelnde Menschenmenge, der Geruch von Buttergebackenem leitete Leben über ihre Sinne, aber

Sems Körper verharrte in steifer Frostigkeit, die äußere Hitze rechts unten war längst verflogen. Sie ließ sich hinaustragen von der nächsten Welle, die aus dem Hauptportal schwappte und erkannte linkerhand die dunklen Umrisse des berüchtigten Doms. Sie stakste die Treppe hinauf, weil sie sich verpflichtet fühlte das Gebäude näher anzusehen. Nach der erzwungenen Gedenkminute drehte sie ihm den Rücken zu und lief den Lichtern einer Einkaufsstraße entgegen. Als sie die hellen Steine erreichte, fühlte sie es warm aus ihrer Nase rinnen. Sie blieb stehen und während ihre Hände in den tiefen Jackentaschen nach einem Tempo suchten, sah sie unter sich auf dem Boden kleine Sonnen, hellrot und sich ständig vermehrend. Endlich brachte sie die roten Flecken mit ihrer tropfenden Nase in Verbindung, legte den Kopf in den Nacken und drückte das ertastete Taschentuch gegen die Nasenflügel. Der Abendhimmel zwischen den Hausrändern war sauber und Sem stand Auge in Auge mit blanken Sternen. Nach einer Weile knüllte sie das Tuch anders zusammen, um zu überprüfen, ob es weiß blieb, wenn sie den Kopf senkte. Der plötzliche Blutstrom war gestillt. Sem näherte sich den Schaufenstern und betrachtete die Auslagen. An einem Schmuckladen verhielt sie länger und ging schließlich hinein. Ein grauer Herr trat aus dem dunklen Hintergrund: „Sie wünschen bitte?" „Ein Kettchen mit Sternzeichen - Jungfrau." „Gold oder Silber?" „Silber." Der Herr bewegte sich lautlos zwischen den Vitrinen, zog eine flache, mit weinrotem Velours ausgeschlagene Schublade hervor und bot sie Sem zur Betrachtung. Schnell entschied sie sich für einen glatten, mattglänzenden Anhänger, in dessen Mitte sich eine stilisierte Mädchenfigur räkelte. Der Händler löste ihn von der Unterlage und brachte das Schmucktablett wieder fort. „Und was für eine Kette?" fragte er im Zurückkommen, er drehte an einem Ständer auf der vordersten Vitrine. Ach, da gibt es verschiedene. Ist ja egal. „Die da." Sem zeigte auf irgendeine. Der leise Herr ließ die Schmuckstückchen in eine kleine Tüte rutschen. „21,50 DM." Sem wühlte den hellbraunen Brustbeutel unter Anorak und Schal hervor, zählte den verlangten Betrag auf die Glasplatte und verließ überstürzt den schweigenden Raum. Sie nahm den Weg, den sie gekommen war. Die roten Sonnen waren nun schwarze Löcher. Den Dom würdigte sie keines Blickes, sondern eilte sofort die Stufen zum Bahnhof hinab, durch den mäulernen Eingang in das menschenwabernde Innere. Am Blumenpavillon erstand sie eine rote Rose mit Grünzeug, deren Dornen sie in die Finger piksten. Sie brauchte nicht lange suchen, um hier einen Abfahrtsplan zu finden. Ein Zug nach Haus schon in zehn Minuten. Sie entschloss sich nachzulösen und lieber gleich das vorgeschriebene Gleis aufzusuchen. Sie saß wieder mit der rechten Wade am Heizkörper, diesmal kam ein Schaffner vorbei. „Einfache Fahrt." Sie bezahlte und ließ Fahrkarte und

Wechselgeld achtlos in die Anoraktasche gleiten. Ihre Glieder waren taub und kühl wie auf der Hinfahrt, der Heizkörper könnte die Jeans schmelzen, ohne dass es etwas machte.

Der Omnibus, der sie vom Bahnhof nach Hause brachte, schaukelte herausfordernd. Sollte er doch, Sem hielt sich am Vordersitz fest, um nicht hin und her zu rutschen. Schließlich das Stück zu Fuß von der Haltestelle zur Haustür, die Sem mit ihrem ewig gleichen, graulackierten Quaderfeld anwiderte. Sem klingelte. Das Öffnungsbrummen ödete ihr entgegen und sie drückte die Tür auf. Sie zog sich am Gelände der kurzen Treppe hoch und schob sich durch die Korridortür in die Diele der elterlichen Wohnung. Ihre Mutter wartete mit verheulten Augen, Wolf umkreiste Sem in einem fort und sagte: „Wir haben uns Sorgen gemacht." Der Vater stand mit der Tagezeitung in der Wohnzimmertür, schüttelte den Kopf und setzte sich wieder in den eben verlassenen Sessel um weiter zu lesen. „Es tut mir leid." Sem legte ihre hölzernen Arme um die Mutter und fühlte Creme an der Wange. Nach einer angemessenen Zeit löste sie die Umarmung, drückte der Mutter die Rose in die Hand und dem Verlobten das Tütchen mit ihrem Sternzeichen.

16

Wenn Wolf seinen Penis über die Tischkante lunkern lässt, beeindruckt das Sem nicht mehr. /?Spinnst du?/ [in meinem Körper wohnt jemand] Ich fahre mit Marc zum Marsberg, wo die Segler starten. Ich fotografiere ihn zwischen grünen Halmen. Wolf bleibt zu Hause, weil er seinen Rausch ausschlafen muss. Wolf säuft immer an Feiertagen, weil er dann ausschlafen kann. Marc stippst mit dem runden Zeigefinger gegen die Halme und Wolf verpasst es. Er verpasst auch jeden Abend. [Er merkt nicht mal, wenn ich kotze].

Die Lippen des Sprechers bewegen sich noch! Er soll nie aufhören! aber es geht ruckzuck, er will Feierabend haben. Ich schaffe es auf den Ausknopf zu drücken: !du hast deinen Abend vor der Flimmerkiste vergeudet du wirst unausgeschlafen sein die schützende Nacht neigt sich dem Ende! Auf der Couch liegt Wolf [Embryo]. Einsammeln: Gläser, Schokoladenpapier, Bonbontüten, . . . !Morgen soll nichts vom Abend übrig sein! Ich fülle den Messbecher mit Wasser und leere ihn in einem Zug. Nochmal. In der Gästetoilette beuge ich mich über den Topf und stecke den Zeigefinger in meinen Hals bis er an das Zäpfchen stößt => Eine Breiwurst wälzt sich portionsweise in die Keramikschüssel ... WASSER   INS

GESICHT. Blick in den Spiegel [Gott sei Dank: keine roten Pünkt-chen unter den Augen wie beim letzten Mal]. Auf dem Bett sitzend betrachte ich die Schrankwand Eiche Natur. Die zum Boden rei-chende Gardine. Meine Füße finden den Teppichboden angenehm. Es ist still. Summe der nächtlichen Stillen = Simulator für Astro-nauten.

Sem verschränkt die Arme und steckt die kalten Hände in die Ach-selhöhlen. Sie starrt auf Tischdecke und Obstschale. Mühselig hält sie ihre auseinanderstrebenden Glieder zusammen. Durchs Veran-dafenster atmet der blaue Himmel und saugt an ihrer Hülle: wenn der Körper träge bleibt, soll zumindest die Hirnschale aufklappen. Sie wendet den Kopf: Marc schiebt ein kleines Auto auf der Straße zwischen Teppich und Sofa. Er muss an die frische Luft. ?Wie soll ich hinausgehen !hässlich!? Eine Träne löst sich aus dem linken Auge und überschwemmt die Waffelförmchen der Tischdecke bis nur ein Fleck zurückbleibt. Plötzlich steht Marc vor ihr. Die Hand zur Faust gerundet reibt er ihren Oberschenkel. /?Was hat denn mein kleines Prinzesschen?/ Sem stolpert in seine Augentiefe [?wie kann ein Dreijähriger so sprechen?]. Sie hebt ihn schnell auf ihren Schoß, drückt ihn, spielt /Hoppe, hoppe, Reiter/ damit er be-hält, dass ER das Kind ist.

Und das ist schön, dass du so schwarz bist. Er schlürfte an seinem Whisky. Jetzt könnt ich dich so richtig. Er lehnte sich zurück in seinen Sessel (Garnitur braunbeigemeliert, wofür das Weib 6000 DM ausgegeben hatte). Seine Oberschenkel wippten hin und her, so dass die Knie fast zusammenschlugen, aber seine Füße in den Schluffen standen so weit auseinander, dass es nicht passierte. Er schaute an die Decke. Dann auf das Glas mit dem Bernsteinsaft in seiner rechten Hand. Ich liebe lange gelbe Haare, und du hast kurze braune. Warum siehst du immer so jungenhaft aus? Ich liebe blasse Engel und du bist ein dunkler Teufel, der mich nicht an sich ran lässt. Ach, Bärbel, meine Blonde, warum hast du nicht gesehen, dass ich dich liebe? Auf deinem Polterabend haben wir dir den Hochzeitsbraten weggefressen, ich und Charlie, das Theater am nächsten Morgen haben wir Gott sei Dank nicht mitbekommen. Du warst futsch und ich war froh, dass Sem sich für mich interessierte. Jetzt sitze ich da, mit der schwarzen Heiligen. Sem, warum hast du dichtgemacht, bei dir war ich wer. Du bist so besonders in letzter Zeit. Wenn ich an die Fete bei Achim denke. Wie du dich bewegt hast. Alle waren heiß auf dich. Die anderen Frauen saßen wie Statisten, obwohl du ja hin und wieder gnädig mitgelabert hast. Aber dann hast du mit Travolta von Hintertupfingen losgelegt. Meine brave Sem. Warum habe ich dich nicht gesehen? Du bist besser denn je, aber ich darf nicht mehr an dich. Wolf nippte wieder. Ich weiß auch nicht, was du von mir willst. Ich weiß es nicht. Du lebst doch gut, du und das Kind. Und trotzdem nur Vorwürfe. Immer Vorwürfe. Ich trinke zu viel, dass ich nicht lache. Haha. Hast du nicht von Bärbels Mann gehört, der in seiner eigenen Scheiße lag? Ist ja wohl 'en Unterschied. Wolf nahm noch einen tiefen Schluck, dann knallte er das Glas auf den Couchtisch Eiche rustikal. „Was willst du eigentlich?" Sem sah erstaunt herüber. „Was machst du da?" „Ich schreib einen Brief." „Ich schreib einen Brief", äffte Wolf sie mit hoher Stimme nach. „Du interessierst dich für jeden mehr als für mich" „Und du interessierst dich für niemanden als für dich." „Was? Wer kümmert sich denn um das, was ich will?" Er verschluckte sich fast. „Du willst ja nur saufen." Wolf schwieg. Er starrte auf die Wand über dem Fernseher. Sem war ärgerlich über sich. Das hätt ich nicht sagen müssen. Immerhin hat er mal was gesprochen. Sonst will ich immer ein Gespräch, und er blockt ab. Jetzt sagt er was, und ich muss unbedingt zuschlagen. Sem stand auf und ging zu ihm und setzte sich neben ihn auf die Sessellehne. Er rührte sich nicht. „Was willst du denn?" Er antwortete nicht. Sem sah den typischen Nebelblick, der bedeutete, dass nichts mehr zu erwarten war. Sie nagte an ihrer Lippe. Ein falsches Wort und schon Schluss. Schluss. Wo war denn überhaupt der Anfang gewesen? Sie merkte wie die Wut als heiße Kugel in ihr aufstieg. Immer aufpassen, was man sagt. Immer diplomatisch an die Sache ran gehen! Du machst deinen Laden dicht und ich kann mich wieder zerfetzen. Sie musste diese glühende Kugel in sich loswerden. Kein Wort würde ihn aufrütteln. Sie scheckte ab, was ihn wohl in Bewegung setzen würde. Ihr Blick fiel auf den Kassettenrecorder. Das war sein Heiligtum (neben dem Auto). Sie stieß sich entschlossen vom Polster ab und ging zum Regal. Sie versuchte ihre Augen an Wolfs Blick zu heften. „Was ist dir wichtig? Ich?" Keine Reaktion. „Das Kind da oben vielleicht?" Stille. Bewundernswert, sein starrer Gesichtsausdruck, andere nehmen für sowas Unterricht. Sem hörte das Klopfen in ihrer Brust, als sie schließlich den Recorder fasste und ein wenig rüttelte. „Oder das hier?" Wolfs Unterkiefer bewegte sich. Sem schob zwei, drei Kassetten vom Regalbrett, so dass sie auf den Teppich fielen. Da sprang Wolf auf. „Du...", keuchte er, „du..." Er hastete zum Esstisch und griff nach der Schere, mit der Sem eben noch Bilder ausgeschnitten hatte. Sem sah ihm teilnahmslos zu. Sie konnte es nicht glauben. Er, der jeden Gefühlsausbruch einkerkerte oder ersäufte, geriet außer sich, wegen dieser lächerlichen Kassetten. Als er sich mit der Schere näherte, wich sie zurück zum Couchtisch, griff nach der Schnapsflasche und kletterte auf den Tisch. Sie hielt die Flasche hoch über ihren Kopf. „Wenn du es wagst, schlage ich zu!"

Wie ein hypnotisiertes Kaninchen blieb Wolf stehen. Sie verharrten beide in ihren merkwürdigen Haltungen. Minute um Minute verging in völliger Stille. Und wieder sah Sem die Bauernstube mit der schweigenden Standuhr. Sie wurde von einer Bewegung Wolfs aufgeschreckt. Er legte die Schere auf den Tisch. „Ich tu dir schon nichts." Dann setzte er sich wieder in den Sessel und füllte sein Bierglas auf. Sems Knochen waren steif. Sie machte einen ungelenken Schritt auf den Boden und stellte die Schnapsflasche neben die Bierflasche. Die Schere nahm sie vorsichtshalber an sich. Im Esszimmer ließ sie sich langsam auf einen Stuhl nieder. Sie schaute hinüber zu Wolf, der wie gewohnt Glas um Glas füllte und sich zurücklehnte, um auf die Wand zu stieren. Sem vereiste. Hände, Füße. Arme, Beine. Die Kälte kroch von außen nach innen. Sem merkte die Hemmung der Gletscher, über die Gelenke ihren Rumpf zu erreichen. Aber dann war es soweit. Der Leib wurde eingenommen, nur an der Stelle, wo sie zusammentrafen blieb ein spürbarer Punkt. „Sem?" Wolfs Gesicht schob sich in Sems Blickfeld. Er sah ängstlich aus. „Sem! Was ist?" Sem antwortete nicht. Wolf bewegte sich zum Telefon, die Jogginghose schlabberte um Hintern und Beine. Er wählte eine Nummer. Während er wartete, räusperte er sich mehrmals. „Ja? Hallo, Jenny, hier ist Wolf." Er hatte Mühe die Worte klar auszusprechen, immer wieder stießen Buchstaben gegen die Zähne oder fielen von der Zunge. „Kannst du kommen? Ich glaub Sem ist tot." Sem war nicht tot, aber sie stellte es sich so vor. Sie hörte alles und sah, was direkt in ihrem Gesichtskreis geschah. Aber tun konnte sie nichts. Ihr Körper gehörte ihr nicht mehr. Sie war nur noch ein kleiner, warmer Punkt, der nicht wusste, wohin in dem dunklen Stück Fleisch. „Danke." Der Telefonhörer fiel klappernd auf die Gabel. Wolf ging an Sems Fenster vorbei, sie hörte, dass er sich setzte. Es war still. Der kleine, warme Punkt überlegte, ob er nicht aus dem schwarzen Loch fliehen sollte. Aber was dann?

Wenn sie tot ist, bin ich arm dran. Wer kümmert sich um Marc? Alle werden mich bemitleiden. Ich muss was trinken. Wolf erhob sich, als der scheppernde Ton der Türklingel die dramatische Stille entweihte. Wolf tastete sich durch den kühlen Flur, fluchte, weil er den Lichtschalter nicht fand. Die Haustür. „Jennifer!" Verwirrt stand Wolf im Blaulicht des Rettungswagens. Jennifer schob ihn zur Seite. „Die hab ich natürlich gleich angerufen." Sie eilte ins Wohnzimmer. Die breite Flügeltür zum Esszimmer stand weit auf. Dort sah sie Sem liegen, direkt neben dem Tisch. „Sem!" Jennifer spürte Hysterie in sich aufsteigen. Sie verschluckte einen zweiten kreischenden Ausruf. Stattdessen fiel sie neben Sem auf die Knie. Es war so ein Getümmel. Geräteklappern. Stimmengewirr. Jetzt tauchte Jennifers Gesicht über ihr auf. Der warme Punkt tat einen

Hüpfer. Jennifer, wie froh ich bin, dass du da bist, wollte Sem sagen, aber ihre Worte kurvten schweigend in dunklen Gängen. Jennys Gesicht verschwand und ein Männerkopf mit weißen Schultern schob sich ins Blickfeld. Er hielt eine kleine Lampe, riss mit dem Daumen die Augen weit auf, rüttelte an diesem und jenem Körperteil. „Keinerlei Reflexe. Wir müssen sie mitnehmen." Der Punkt fühlte, dass sein Gehäuse angehoben und wieder niedergelegt wurde. Hellblau, dunkel, hellblau, dunkel. Schließlich Neonröhren. „Ja, hallo. Wir haben hier einen Fall. Null Reflexe, aber Puls und Herz da. Wie? Scheiße!" Der Hörer knallte auf sein Plastikhaus. „Was sollen wir hier damit? Ist ein Fall für die Psychiatrie, aber die blocken einfach ab." Der Arzt erschien wieder. „Ich weiß hier nicht weiter. Achten sie drauf. Und lassen sie die Freundin ruhig rein."

Kittelrauschen. „Fräulein Sweers." Gummiquietschen auf Linoleum. Jennys Gesicht. Sem fühlte wie sie mehr wurde.

„Sem!" Jenny biss sich auf die Unterlippe, um nicht zu heulen. Sie rannte über das krachende Geäst, als ob dadurch etwas besser wurde. Sie rannte weiter, obwohl der Wind bereits in die Kehle schnitt, so dass sie diesen merkwürdigen Blutgeschmack bekam. Es blutete nicht wirklich, aber es schmeckte so, und sie schluckte dauernd, damit der Speichel das Blut wegspülte. Als sie den Weiherspiegel aufblinken sah, fiel sie in Schritt, um in der Nähe der Enten ruhig atmen zu können. Später würde sie noch einmal ins Krankenhaus gehen. Später. Nur jetzt noch nicht. Sem im Krankenhaus. Absurd, unpassend. Jeder kann im Krankenhaus liegen, nur Sem nicht. Jenny schlug sich mit den Fäusten gegen die Schläfen. Ich bin nüchtern, ich bin korrekt. Ich bin Lehrerin, ich muss ihr helfen. Jenny rutschte an der Rinde des Baumes abwärts bis sie auf seinen Wurzeln saß. Sie drückte die Augen gegen ihre Knie. Blaue Ringe, grüne Ringe, lila Ringe, ganz bunte Ringe, wie Regenbögen, tauchten auf und verabschiedeten sich ins Dunkel, wenn sie den Druck verringerte. „Guck weiter, du musst weiter gucken!" rief Sem ungeduldig, wenn Jenny aufhören wollte, weil sie sowieso nicht mehr sah als grau in grau.

Jenny nahm Sems Hand und streichelte sie. Ganz zart, wie man über den Handrücken von Kindern streicht, weil sie noch viel empfindlicher sind. Sie beobachtete Sems Gesicht und rieb weiter ihre Hand. Schließlich ging sie dazu über mit den Fingerspitzen kreisende Bewegungen auf Sems Wangen auszuführen. „Was machst du Sem? Was ist los?" Jenny sah verzweifelt aus. Ganz traurig. Sem spürte Wärme zurückfließen. Von Händen und Füßen aus taute sie auf. Als die Wärme ihren Mittelpunkt erreicht hatte, floss das Wasser ab. Es bahnte sich seinen Weg durch den Tränenkanal, es lief und lief. „Sem!" Sem ließ sich beim Weinen nicht stören. Alles sollt-e herauslaufen, alles was sie je hinuntergeschluckt hatte und was gefroren solche Macht über sie bekam. Sie wollte nichts mehr in sich behalten von diesen Wassermassen. Jenny war wieder stumm geworden und hielt nur noch Sems Hand. Sie starrte auf Sems gerötete Augen und die beiden Rinnsale, die ohne Unterlass an Sems Schläfen entlangflossen und das papierweiße Krankenhauskissen grau färbten.

17

Wie mühsam ich mich heute bewege. Zerre an dieser oder jeder Stelle, nichts löst sich und wird. Ich lege mich auf den sumpfigen Boden, der meinen Körper noch schwerer macht. Die Feuchtigkeit berührt meine Schläfe, mein Kinn liegt höher und ich überlege, ob ich aufstehe, wenn Lehmwasser Mund und Nase erreicht. Jemand legt einen Stein auf meine Brust, damit es schneller geht, dabei finde ich es wichtig von Sem zu erzählen. Ich rieche den Morast und habe keine Angst. Wie hieß er noch, der Homo Faber, dem der glitschige Boden unangenehm war? Ein Mann natürlich. Ich finde Sem in Ordnung, was nicht heißt, dass ich kein Verständnis für die anderen habe. Sem! Sem, komm, nimm den Stein weg, ich will weiter erzählen. Ich höre das Quatschen von Füßen im nassen Boden. Ich bin nicht begeistert, als ich Wolf erkenne, der setzt sich doch noch auf den Stein. Aber er fragt nur, ob ich Sem gesehen habe, und ich antworte, dass sie vermutlich bei Fred ist. Traurig setzt er sich neben mich, umfasst die angezogenen Beine und starrt vor sich hin. Als ich denke, dass langsam etwas geschehen müsste, taucht Jenny schmatzenden Schrittes auf. Sie schüttelt missbilligend den Kopf, fasst den schweren Stein mit beiden Händen und schmeißt ihn in die Dunkelheit, dann nimmt sie meine rechte Hand und zieht mich hoch. „Was soll der Scheiß?"

Eins...zwei...drei...eins...zwei...drei. Bei drei kniff er die Augen jedes Mal fest zusammen. Ja, ich bin mir sicher, ganz sicher. Das Taschentuch ist an seinem Ort. Das Portemonnaie ist an seinem Ort. Der Kamm ist an seinem Ort, letzteres habe ich gerade noch bewiesen, habe meinen Schnurrbart gekämmt und den Kamm dann in die Hosentasche rechts hinten gesteckt. Der Kamm ist also sicher an seinem Ort. Er ist Nummer drei, eins und zwei werden also auch an ihrem Ort sein. Er war einigermaßen zufrieden. Ich kann also gehen. Ich kann hinausgehen. Sorgfältig schloss er die Flurtür ab, drehte den Schlüssel zweimal im Schloss, um ganz sicherzugehen, und bewegte sich vorsichtig balancierend die Stiege hinab, die mit ihren kurzen Stufen gefährlich war, dazu noch unbeleuchtet, unverschämt, und die feuchten Flecken an der Zimmerdecke, ich muss es dem Fritz wirklich sagen, so geht das nicht. Er trat vor die Haustür. Hell. Wie hell dieser Sommer ist. Viel zu hell. Wenn wenigstens die Kinder noch kämen. Versteh einer, warum die nicht mehr kommen. Anrufen könnten sie ja mal. Aber Kinder haben heute wohl viel mehr zu tun oder immer schon nur er nicht? Was sagte Sasa noch? Judo. Hausaufgaben. Konfirmandenunterricht.

Die Freunde, natürlich, und da war noch was, wie war das noch, was neues, ach ja, Voltigieren, nie gehört. Turnen auf dem Pferd, so ein Quatsch. Trotzdem könnten sie mal anrufen.

Sie sahen ratlos auf den Mann, der die Waffe mit beiden Händen vor sich hielt. „Er schießt. Ganz sicher er schießt." Fred sagte es unbeteiligt, so als sei er in eine Bildbetrachtung versunken. Sie glaubte nicht, dass er schießen würde, als er abdrückte ohne einen von ihnen zu treffen. Langsam hob sie ihre Pistole, wartete bis er erneut einen Schuss abgegeben hatte. Nun war sie sicher, dass es notwendig war, und sie schoss mehrmals hintereinander. Als er auf dem Boden lag, näherten sie sich ihm. Das Muster der Einschüsse auf seiner Brust erinnerte an die Vier auf einem Spielwürfel. Sie warf sich über ihn, drückte ihren Mund auf seinen, aber was nützte das noch. Es tat ihr Leid, aber nicht weh. Mit diesem Film gingen sie auf Tournee, nur wusste niemand, dass wirklich jemand gestorben war.

18

Heute hatte Sem nur eins im Sinn: IHN finden trotz Freitag. Also mein Verständnis hat sie. Nach jahrelanger Eisschrankzeit kann man hitzesüchtig werden. Nicht, dass überhaupt etwas zu rechtfertigen wäre. Aber die Zustimmung eines Unparteiischen kann hier und da von Nutzen sein. Immerhin hatte man ihr noch eingebläut, dass man vom Onanieren Bauchweh bekommt und dann die Zeit mit Wolf, na, geschenkt. Liebe, endlich Liebe, denkt sie, nicht nur durch den Magen, sondern auch durch den Unterleib. Also Sem hat nur eins im Sinn. Als endlich alle im Bett sind, zieht Sem sich noch einmal an. Die Bluse mit dem Band, je loser das Band, desto größer der Ausschnitt. Die enge Jeans, an diesem Sommerabend allerhand für Sem, die es sonst lieber luftig hat, und dazu blaue Ballerinas, die auch den nackten Fuß nicht wund machen. Dass das Auto immer in der Garage steht ist etwas lästig, aber die Überwindung jeder Hürde unterstreicht die Entschlossenheit. M. liegt eine halbe Autostunde von Kr. entfernt. Sem kennt nur zwei Orte in M: das Büro und sein Haus. Sie verlässt sich auf ihren Instinkt. Sie sucht das Kneipenviertel, von dem er immer angibt „Da bin ich und jeder kennt mich". Erst mal Auto abstellen, ohne Herzklopfen (bitte). Pompeji. Mit den Griechen hat er's. Witzig, eigentlich. Ein

Kommunistenidealist bei Griechen, die dem Kapitalismus frönen. Eine Runde Ouzo und man vergisst, dass Jannis auch noch das Restaurant nebenan gekauft hat. Sem bestellt ein Pils an der vollgestellten Theke und lässt ihre Augen schweifen. Tatsächlich, überall welche, die sie vom Sehen kennt. Jünger und Feinde des Johannes, wie klein die Welt ist oder M. Es ist so angenehm heiß, die Luft trägt seine Gegenwart in sich und nicht nur Sem scheint auf ihn zu warten, immer wieder drehen sich Köpfe zur Eingangstür. Ach, da ist auch Christa, die sie schon mal so angebrüllt hat in seinem Haus. Die Junge, die ihn ganz haben wollte, indem sie eine Wohnung bei ihm mietete. „Was weißt du denn von Johannes!" hatte sie Sem angeschrien. Dabei hatte Sem ihn nur rausgeschellt, um ein Eis mit ihm zu essen und über die nächste Unterschriftenaktion zu quatschen. Dass er noch geschlafen hatte und sie deshalb in seiner Wohnung wartete bis er im Bad fertig war, konnte man nicht ihr ankreiden, oder? Christa schien das anders zu sehen. Sie klingelte kurz nach Sems Eintreffen und schrie sofort: „Was willst du von Johannes?" Sem staunte sie nur an, sie wusste noch gar nicht, was sie von Johannes wollte. Johannes kam ziemlich verknautscht aus dem Badezimmer und meinte nur: „Bitte streitet nicht." Aber die aggressive Haltung Christas weckte Sems Kampfgeist. „Johannes ist okay, lass du ihn doch in Ruhe!" „,Okay', dass ich nicht lache", Christa verzog ihr Gesicht zu einem närrischem

Grinsen, „der hält es doch bei keiner aus, der muss zum Psychologen!" „Vielleicht liegt es ja gar nicht an ihm", ergriff Sem für Johannes Partei, sie kannte ihn ja noch nicht näher. Johannes hatte Sem dann schnell am Arm genommen, um das Haus zu verlassen. Soso, dachte Sem, Christa wartet auch noch.

Sie nippte an ihrem Pils, und wusste, dass Johannes hier und jetzt nicht auftauchen würde, aber er war ganz in der Nähe. Sie verließ die Kneipe und lief einmal um das Baumviereck, in dessen Mitte ein paar Schaukelpferde auf den Tag und die Kinder warteten. Sie traute sich nicht recht in eine der anderen Wirtschaften, sie galten teilweise als Zockerbars und das Restaurant war uninteressant. Als sie das ‚Pompeji' zum zweiten Mal passiert hatte, fasste sie sich ein Herz und betrat die nächste Gaststätte. Hier gab es nur eine lange Theke und ein paar Tische zum bemalten Fenster hin. An der Theke saß Johannes, neben ihm ein Mädchen mit langem, hellem Haar. Sem blieb trotzdem mutig und setzte sich auf den freien Hocker an Johannes linker Seite. Johannes schaute irritiert. „Du, hier?" Sem nickte. „Ich wusste, dass ich dich finde." „Ist ja nicht schwer, was?" Johannes lachte machohaft und blickte Beifall heischend um sich. Das blonde Mädchen und der Wirt machten zustimmende Gesichter. „Hast du keine Zeit?" „Klar doch. Muss nur kurz austreten." Johannes entfernte sich. Sem fixierte das blonde Mädchen. Keine Konkurrenz, dachte Sem erleichtert, Schminke in maskenhafter Dichte, das konnte Johannes nicht leiden. Als Johannes zurückkam, zahlte er sofort. „Komm, wir gehen woanders hin." Sem folgte ihm gehorsam. Ein paar Häuser weiter zog Johannes Sem in ein andere Kneipe oder ‚Spelunke'? Der Qualm war noch dicker und die Gestalten weit nebulöser als in den vorhergehenden Etablissements. „Gib dem Kind was zu trinken, Dimi", tönte Johannes, und der Wirt im Rechteck in der Raummitte zapfte ein Bier und stellte es vor Sems Nase. „Weißt du, was die da machen?" Johannes zeigte auf einen Tisch direkt neben der Eingangstür. Sem schaute in die angewiesene Richtung. Auf dem Tisch lag ein Haufen Geldscheine. Sem hatte es bisher nie gesehen, aber sie wusste genau, dass es sich um einen Spielertisch handelte. „Klar", sagte sie cool und wandte sich ihrem Bier zu. Johannes guckte etwas erstaunt, dann lachte er. „Trotzdem, das ist hier nichts für dich." Er zahlte schon wieder und zog Sem nach draußen. „Komm, nur noch ins ‚Sorbas', da gibt es günstig was zu essen." Auch das nächste Lokal unterschied sich nicht groß von den anderen. Sie nahmen ein ‚Gyros Pita' und Sem betrachtete die anderen Gäste. Diesmal saß sie mit Johannes an einem Tisch und konnte die Kunden an der Theke beobachten. Ein Paar fiel ihr auf. Sie, konservativ

gekleidet, in weißer Bluse und blauem Faltenrock, er in Lederkla-
motten. Sie stritten ganz offensichtlich. Er wurde handgreiflich,
zog sie an den Haaren. „Du kommst jetzt mit, klar?" Sem verschluckte sich fast am Fleisch. „Johannes, tu' doch was, hilf der
Frau!" Johannes rührte sich nicht. „Quatsch, die sind oft hier, die
braucht das." Sem wurde wütend. „Spinnst du?" „Nein, wirklich,
die streiten jedes Mal und das ist der Abgang." Sem konnte es nicht
fassen. Sie trank einen kräftigen Schluck Bier, um dem Milieu ge-
wachsen zu sein. Johannes verzog das Gesicht und Sem wusste,
dass es ein unverschämtes Grinsen war. „Bist du mit dem Auto?"
Sem nickte. „Fährst du mich nach Hause?" Sem nickte wieder. Sie
war zwar etwas benommen, hatte aber höchsten eineinhalb Bier
getrunken, außerdem musste sie ja auch noch nach Kr. zurück. Ur-
sprünglich hatte sie heute ja etwas ganz anderes von Johannes ge-
wollt. Als sie nun neben ihm im Auto saß und er anfing zu labern,
war sie nur voll Zärtlichkeit. „Du hörst auch zu, nicht wahr?" sagte
er und sie wollte seine Hoffnung nicht enttäuschen. „Weißt du, ich
habe meine Frau immer betrogen, warum, kann ich nicht sagen.
Wir hatten tausend Szenen deswegen, und schließlich lebten wir
getrennt in einem Haus. Aber dann, als sie das erste Mal einen Ty-
pen anschleppte, bin ich durchgedreht, ich hab all ihre Sachen, Möbel, Kleider und so, aus dem Fenster im ersten Stock geschmissen.
Kannst du das verstehen? Ich kann nur meine Frau lieben, hast du

da Verständnis für?" Sem verstand alles. Sie war geboren dafür, Verständnis zu haben. Und wenn sie dazu noch liebte, war die betreffende Person ihres tröstenden Verständnisses so sicher, wie die Armen in den Straßen von Kalkutta.

19

Eine Art WG

Sem hustet. Es stinkt so. Vorsichtig balanciert sie die Teller mit gefüllten Pfannkuchen und setzt sie auf dem Couchtisch ab. Anja und Frank nicken ein Dankeschön und starren weiter auf die Flimmerkiste. Sem sieht erstaunt die Flecken auf dem Teppich, die noch von Jonathan stammen. Die alten Tapeten, die Restmöbel der Vormieter. Nichts ist anders [dabei wohnen wir zwei Monate hier]. Langsam geht sie nach oben in ihre Zimmer. /? Ist das zu viel? Ein paar Eimer Farbe?/ Es ist ganz hell [heller als Wolfs Haus]. Anja: /Die Welt draußen ist kaputt? soll ich meinen Kindern eine heile vormachen? ... Die Beziehung ist sowieso das Wichtigste. Bei einem Unfall würde ich erst Frank retten./ Sem betritt das Zimmer von Marc und Sasa. Sie beugt sich über die Kleine, atmet den Duft der Kinderhaut. /?Euch nicht retten?/ Eine Zeit hockt sie auf der Bettkante, denkt an Juan [= Johannes, Kämpfer für das ‚pueblo unido‘]. Er soll immer bei mir sein, alleine schlafen ist ätzend [Wissen schützt nicht vor Sehnsucht]. Das geht nicht weiter. Ich brauche einen Vater [und einen Mann]. /?Wer heult da?/ Sem lauscht. Es muss Henrik sein. Sie steht auf und geht in den Hausflur. Das Weinen verstärkt sich. Es ist nicht meine Sache. Sie setzt sich auf den Treppenabsatz. ... einen Vater. Juan ist ein Liebhaber. ICH habe einen Liebhaber, der nicht Vater ist: den Draht zu seinem Sohn hat er längst verloren - der will nur reisen und ein Motorrad. /!Verfluchtes Gejammer! ?Warum tröstet niemand das Kind?/ Sie steht auf geht hinunter und öffnet die Tür zum fremden Kinderzimmer. Anja steht nackt vor ihr, Henrik im Arm, der sich bäumt und schreit wie verrückt. /Das hat er manchmal. Wir nehmen ihn zu uns ins Bett, aber er schreit immer weiter./

„Die Trauben hängen wohl zu hoch?" „Welche Trauben?" sie stellte sich unwissend, schaute unschuldig hinweg über die indonesische Reistafel in sein herausforderndes Gesicht, das sich in seine normalen Falten zurücklegte, als die Bemerkung nicht die gewünschte Wirkung erzielte. Die anderen hatten nichts mitbekommen, beeilten sich von jedem Schälchen und Töpfchen etwas auf ihre Teller zu bugsieren und sie tat alles, um ebenso beschäftigt zu wirken. „Hier Anette, probiere das mal." Mit freundlicher Geste hielt sie ihrer Tischnachbarin eine silberne Schüssel unter die Nase, deren Inhalt sie kaum wahrgenommen hatte. Anette bediente sich emsig und bemerkte nichts von Sems innerer Abwesenheit. Wie dumm er ist. Wie dämlich, dämlich dumm. Natürlich wusste sie, welche Trauben er meinte. Seine Position, sein Geld. Genau das, was ihn für ihn selbst wichtigmachte. Wehmütig dachte sie an die abenteuerlichen Nächte, in denen es völlig gleichgültig war, welche Rolle man sonst noch spielte. Man war einfach nur da. Aber vielleicht sind Männer nie ganz da, und sie musste an ihren Jugendfreund denken, der ihr unterstellt hatte, sie würde sich mehr für seinen Kumpel interessieren, weil der ein Motorrad hatte und eine Stereoanlage, was Henning als armer Schüler sich natürlich nicht leisten konnte. „Huhu, willst du noch was trinken?" Anette fuchtelte mit der Hand vor Sems Augen herum. Benommen schaute Sem hoch. „Noch einen Wein vielleicht?" „Also, noch einen Wein!" wies Anette die exotische Bedienung an, die einen weniger exotischen Notizblock mit dem Namen ‚Pils Bräu' hielt, auf dem sie die Strichliste ergänzte. Sem wurde müde. Sie rutschte in die merkwürdige Stimmung hinein, die ihr vorgaukelte alles zu vermögen, wie ein Märchenwesen und sie hatte Angst, Dinge zu sagen, die ihr später ungeheuerlich erscheinen würden. Wie Monika ihn anhimmelte und wie Christine dankbar war, für jedes kleine Wort, das er ihr gönnte, und wie er sich wie immer gefiel in dieser Rolle. Sem schüttelte sich bei dem Gedanken, dass sie ja ebenso verliebt in ihn war, und dass sie für ihn nicht mehr bedeuten konnte, als all die Abenteuer, die er schon hinter und noch vor sich hatte. Schade, wo sie es doch immer so ernst meinte. Sie stocherte in ihrem Essen herum und nahm sich fest vor ihre Gefühle nicht mehr so überschwappen zu lassen, sich so völlig zu erkennen zu geben, ehe sie nicht sicher war, dass es einen Widerhall geben würde, aber sie wusste genau, dass es nur ein Vorsatz war, der nichts mit ihr zu tun hatte. „Vamos, muchachos" drang es aus der Ferne herüber und sie konzentrierte sich, um dabei zu sein, wie es sich gehörte.

Lalalalalalala la la... „Nee, nicht tanzen jetzt." Johannes kuckte wie in eine Zitrone gebissen und stellte die Gitarre zur Seite. Sem ließ sich gekränkt aufs Podest plumpsen. „Wenn du solche Musik machst!" Sie wusste nicht genau, was es für ein Stück war, aber die südamerikanischen Klänge hatten geradezu aufgefordert, die Hände in die Hüften zu stemmen und im Rhythmus auf den Holzboden zu stampfen. Johannes nüchterner Abbruch zerstörte Sems Halbtraum, die freudige Wärme verflüchtigte sich. Sie rubbelte sich die Oberarme. „Bist du beleidigt?" „Nö." Was mach ich hier eigentlich. Sie sehnte sich nach der eigenen Wohnung. Diese ganzen Musikinstrumente. Alles lag staubig herum. Riesige Zimmer voll mit unbenutzten Sachen. Johannes wohnte nicht. „Wie kommst du denn jetzt mit Christa klar?" „Die Wohnung ist schon lange gekündigt, aber die geht einfach nicht, und rausschmeißen kann ich sie auch nicht. Ich glaub ich verkaufe das Haus." „Wegen

Christa?" „Quatsch. Überhaupt. Und damit hätt ich dann auch nichts mehr zu tun." „Ich möchte jetzt gehen." „Aber du hast doch heute Zeit." Ja, stimmt. Einmal sind die Kinder versorgt, und da will ich nach Hause, total blöd. Man fühlt wie man fühlt. Zeit macht keinen gelungenen Abend.

„Wie wär's mit Sauna?" Da wird einem auf jeden Fall warm. Aber selbst diese Vorstellung konnte Sem nicht mehr reizen. „Nein, ich geh wirklich lieber." „Ist das dein Ernst?" Damit hatte Johannes nicht gerechnet. Sem war begeistert von jeder Stunde und Minute, die er sonst für sie erübrigte. „Ich hatte gedacht wir machen es uns gemütlich." Sem zog die Schuhe an, die sie vorhin in übermütiger Stimmung von sich geschmissen hatte, und kramte Schal und Anorak zusammen. „Morgen Nachmittag treffe ich mich mit ein paar Leuten am kahlen Berg, wir wollen mit den Kindern ein Lagerfeuer machen. Vielleicht kommst du ja vorbei?" Sie drückte Johannes einen Kuss auf die glattrasierte Marzipanwange und verließ das Haus.

20

Sem schritt auf und ab in dem schwarzen Raum. Die Schritte hall-
ten wieder, obwohl der Boden nicht ganz fest war und der Raum
war rechteckig, obwohl alles schwarz war. In unregelmäßigen Abständen blieb Sem stehen und horchte dem Echo des letzten Schrittes hinterher. Einmal legte sie die Hände als Trichter vor den Mund
und rief: „Sem!" „Semhemhem." antwortete es. Egal, was sie rief,
als Antwort bekam sie nur die eigenen Worte.

„Was starrst du so?" Sem antwortete nicht, sie wackelte etwas mit
dem Kopf, zum Zeichen der Kenntnisnahme, dass sie nicht mehr
alleine war. Fred ließ sich neben sie auf das Sofa plumpsen. „Ach,
Mann, wo ich gerad so schön konzentriert war!"

Sie liegt im Bett, nackt, so schläft sie ja immer. Fred schaut in die
Luft oder aus dem Fenster oder auf den Monitor, denn Sem will
was sagen. Es ist unfair, dass sie was sagen will, wenn sie nackt
ist. Sie meint, sie könnte einfach so nackt sein. Wenn ein Mann in
Gegenwart der Frau die bloßen Brüste einer alten Statue streichelt,
d a s findet sie erregend. Fred wundert sich und versucht die Ohren

aufzuhalten. Jonathan war der Kater von Anja, die die Kaffeemaschine nur schmutzig zurück ließ. Jonathan war aber auch ungleiches Zweites, um gemeinsames Drittes zu veranschaulichen. „Du bist wie Jonathan", sagte ich zu Johannes und zupfte seine Nackenhaare, „wenn du kommst, freust du dich über das offene Herz und den warmen Schoß, ansonsten streifst du frei herum." Johannes kuckte: /!als hätte ich ihn gelobt!/ Den fleckigen Teppich sparte ich natürlich aus. Irgendwann später, als ich wusste, was ich mir und den Kindern zumuten wollte, tat ich andere Äußerungen. Letztens, als wir ihn beim Griechen getroffen haben.

/?Was ist eigentlich aus Jonathan geworden?/ Ich spürte, wie Johannes sich innerlich auf die Schultern schlug, ob der gelungenen Anspielung. „Dick und faul ist er, ein alter Kater eben", gab ich zurück, „Anja überlegt, ob sie ihn einschläfern lässt." Johannes Augen: ganz schwarz: als hätte man ein Lichtlein ausgepustet => fast hätte ich ihn gestreichelt, aber du wolltest dich endlich setzen und hast mich an einen freien Tisch geschoben.

Zeitfracht Medien GmbH
Ferdinand-Jühlke-Straße 7
99095 Erfurt, Deutschland
produktsicherheit@kolibri360.de